# 生きるということ

金承鈺作品集

金承鈺 著
青柳優子 訳

三一書房

本書出版にあたって、韓国文学翻訳院の助成を受けました。

# もくじ

Ⅰ　一九六〇年代


正直者たちの月（一九六三年）／8
クリスマス・プレゼント（一九六五年）／12
手術（一九六五年）／18
指に目がついた女（一九六六年）／40
暮らしを楽しむ心（一九六七年）／46
夕食（一九六七年）／58


Ⅱ　一九七〇年代


ウンマ物語（一九七〇年）／66
天日と埃の遊び場（一九七〇年）／77
D・π・9記者のある日（一九七〇年）／92
水族館（一九七二年）／115
妻の体（一九七三年）／121
危険な年齢（一九七五年）／130
愛が再び出会う場所（一九七五年）／135

Ⅲ　一九八〇年代～
真夜中の小さな風景（一九八〇年）／144
生きるということ（一九八〇年）／149
スギの鳥（一九八〇年）／156
ある結婚の条件（一九八〇年）／160
日の光（一九八〇年）／167
キム・スマン氏が身代をつぶした来歴（一九八一年）／173
偽物と本物（二〇一四年）／179

Ⅳ　エッセー
私が会った神様（二〇〇四年）／184

解説　キム・ハクチャン／237
訳者あとがき　青柳優子／243

# I　一九六〇年代

正直者たちの月（一九六三年）
クリスマス・プレゼント（一九六五年）
手術（一九六五年）
指に目がついた女（一九六六年）
暮らしを楽しむ心（一九六七年）
夕食（一九六七年）

# 正直者たちの月

　応急処置室のドアがぱっと開く。汗と血で雑巾のように濡れたガウンを着た医学部の学生が担架を重そうに担ぎ、よろめきながら走るようにして入ってくる。担架の上には学生服を着た一人の若者が、苦しげに口から血の泡を噴き出しながらもがいていた。

「重傷者です。ストレッチャーはどこですか?」

「ストレッチャーが足りません。まずは重傷者室、こちらに」

　汗だくの看護師がかすれた声で言いながら、先に立って走る。実際、狭くもない治療室内は、先に運び込まれた重傷者であふれていた。ほとんどが二十歳前後の大学生だ。彼らの服に染みついた火薬の臭いと傷から迸る血と苦痛に満ちた悲鳴と呻き声、そして緊張するだけ緊張している看護師たちと医師たちの忙しく動く手で治療室はいっぱいになっているのである。

　デモ参加者の喊声と合唱する声、そして轟きわたる声を沈黙させてしまわなければならないというかのように休みなく撃ち放たれる警察の銃声が、この首都陸軍病院の廊下で手に取るばかりに聞こえる。

「大変です。負傷者はどんどん運び込まれてくるのに、手が足りない。足りないのは手だけじゃありません。血が、血液が足りなくて大変なことになりました。これ以上負傷者が増えたら輸血も出来ないまま死なせてしまいそうです。負傷者はまだ大勢いるんでしょうね?」

今にも泣きだしそうな声で、看護師が言った。

手術室では手術中に死んだ負傷者が白いシーツに覆われて運び出され、他の負傷者が運び込まれていく。

「すでに十一人が手術中に死にました。手術を受けられた負傷者の中でも生き残れる人はそれほどいないでしょう。手術も受けられないで死んだ学生もいます。おかしいですよ。みんな、おかしいです。どうしてデモして、また何で銃を撃って大切な若い人たちを殺すのか。みんな、おかしいですよ」

「学生は、おかしくありません」

担架で運ばれていく若者が、血の泡とともに途切れ途切れに言葉を吐き出す。

「私たちは学校で習いました。不正を働いてはいけないと。だから、不正選挙をした人々に、公正にやり直せと言いました。それだけです。おかしなことではありません」

「話さないで。話をしたら、出血がもっとひどくなりますから」

担架を運んでいた医学部生の一人が負傷者の話を遮った。

「この学生は、デモの主導者なんですか？」

看護師が医学部生に尋ねる。担架の上の若者は首を反らす。そして、答える。

「学校の教科書が主導者です。不正をただ見ているだけなら、それも不正だと教える教科書！」

「話しちゃいけませんよ。血が……」

重傷者室もやはり負傷者の悲鳴と呻き声であふれていた。そこに新しい負傷者が次々と運び込まれていた。熱い血は休みなく流れて傷口を塞いだガーゼの塊を濡らし、ベッドのビニールカバーを濡らして床を濡らしていた。

看護師が再び走って出ていき血液の入った瓶を持って戻ってきたとき、その若者はほとんど意識を失いかけていた。輸血の準備をしていると、その若者が目を開けた。そして最後の力を振り絞り、脇のベッドの高校生の負傷者を指さして看護師に言った。

「血が足りないそうですね。そっちの高校生に先に輸血してあげてください。僕は後で……」

「採血の志願者が大勢押しかけて来たんですよ。血液は不足しないと思いますよ」

「ありがたいことです。とにかく、そっちの高校生から先に……」

「そうしろって、教科書に書いてあったんですか」

「はい、そう習いました」

若者は微笑んで言った。看護師は若者が言う通りに高校生の腕に注射の針を刺してから振り返り、ベッドにつけられた名札を覗き込んだ。「キム・チホ、二十二歳、ソウル大学理学部数学科三年生」と書いてあった。

「キム・チホさんは、将来、正しく立派な数学の教授になるでしょうね」

しかし、キム・チホは数学の教授になれない。その日、一九六〇年四月十九日夜十一時に永遠に目を閉じたのだ。ああ、四月――正直者たちの月よ！


（一九六三年）

# クリスマス・プレゼント

「ママ、お休みなさい」

「お休み」

「ママ、夢の中で会おうね」

「うん、夢の中で会おうね」

「ママ、サンタのお爺さん、プレゼント、きっと持ってきてくれるよね?」

「もちろん、必ず持ってきてくれるわよ」

布団の中で一言ずつ話す三人の子どもに一々答えてやりながら、チョンエは掛布団をもう一枚出して細長くたたみ、頭のところに垣をめぐらすように置いてやった。外から風が激しく吹き込んでくる部屋だった。床はほかほか暖かいが、鼻が冷たくなった。

電灯を消し、居間に行った。狭い縁側のついた三坪程の小さな居間の真ん中に置かれた練炭ストーブの鉄蓋は熱せられて真っ赤になり、その上に載せられた薬缶からはお湯の沸く音といっしょに湯気が出ていた。それでも居間は暖かいとは言えなかった。中庭に面したガラスの掃きだし窓が風にガタガタ鳴っていた。錦湖洞《クモドン》の山中の出っ張った所に北向きに建っているチョンエの小さな家は冬中、強い風に苦しめられた。ストーブの側に行って火に当たり、手を上げて頭上の蛍光灯の紐を引っ張って居間の明かりも消した。電気を節約するためでもあったが、暗闇の中で一人静かにいるのが最近のチョンエの癖になっていた。電気をつけておいた奥の間の障子の明かりだけでも居間は十分明るかった。その明るい照明の奥の間から「君、寒いのに、何してるの？　早く入っておいでよ」と言う夫の声が聞こえてくるかも知れないという期待に、チョンエは胸がいっぱいになった。すると次の瞬間、彼の声はもう永遠に聞くことができないという現実に思いがこみ上げ、食いしばった歯の間から、ううっ、という泣き声が漏れ出た。まだ眠りについていないだろう子どもたちに聞こえてはと、チョンエは両手で口を押さえた。子どもたちの部屋の練炭を取り替えなくちゃ。それから昨日買って隠しておいたクリスマス・プレゼントを出して子どもたちの枕元に置いてやらなくちゃ。

ガラス戸を開けて中庭の闇の中に下り立つと、ちらちらと白いものが強い風に舞い散っていた。

雪。胸が一層冷え冷えとしてきた。共同墓地にも降っているだろう。鮮やかに脳裏に浮かぶ、この冷たい闇の中で一人横たわる夫への憐憫の情が再び泣き声となり、食いしばる歯の間からあふれ出た。

練炭を取りかえて居間に戻ると、意外にも蛍光灯がついていた。さっき確かに消したのに、子どもたちの誰かがトイレにでも行こうとつけたのかしら？

「まだ寝ないの？」

子どもたちの部屋に向かってチョンエは大声で言った。答えはなかった。

「誰が居間の電気、つけたの？」

それでも、寝たふりをしているのか、答えはなかった。その時、ひょいとチョンエの目を引くものがあった。ソファーの前のテーブルに大きな白い封筒が置いてある。はっきりしないが、さっきまではなかったはずなのに。

そうか、子どもたちからのママへのクリスマスカードね、と見当をつけてチョンエは封筒を手に取るや、体がこわばった。封筒には確かに夫の字で「愛する妻に」と書いてあったからだ。しっかりと糊付けされた封筒の中身は、撫でさする手の先にそれが固いカードではなく、柔らかな便せんだと感じさせた。封筒を開けると、やはり手紙だった。字は夫のものではない。そのわけが手紙の冒頭に記されていた。

私はもう書く力がないから、看護師に書き取ってもらうことにした。何よりもまず言いたいのは、私がこの世で愛した女性は君だけだということなんだ。ありがたい君、そして可哀そうなうちの子どもたちのことを考えると、私は本当に死ぬのが嫌だ。振り返れば、しばらくの間、いや一時も君を幸せにしてあげたことがなかったようで胸が痛む。他の人たちがみんな行くような旅行にも一度も連れて行ってやれなかったし、子どもたちにはちょっとバスに乗ったら行ける昌慶院《チャンギョンウォン》すら見物させてやれなかった。雪岳山《ソラクサン》がどこにあるのか、海雲台《ヘウンデ》がどんなところなのかも知らずに過ごした一生だった。早く良くなってクリスマスには家族と一緒に過ごせるようにしなさいという看護師の言葉を聞いて思い返してみると、うちの家族がクリスマスだからと楽しく過ごしたという記憶もない。ただテレビの前でお昼寝していたこと位しか覚えていない。君と子どもたちに本当にすまない、大きな罪を犯して逝くのは哀れだ。友達と与太を飛ばしながら、何であんなに酒を飲んだんだろう。生活のためには友だちが多くなくちゃと思ってあんなだったが、果たして助けてくれた友だちが何人いたことか、振り返ると情けない自分だった。全てのことが君に申し訳なく、恐縮するばかりだ。私の命がいくらも残っていないことを私はよく分かっている。私が死んでしまったら、君と子どもたちの苦労はいかばかりか、目に見えるようで本当に苦しい。ただ一つだけ慰めになるのは人の死というものは肉体の死であるだけで、霊魂は生きているということを知ったことだ。昨日看護師が読んでくれた本を私は事実だと信じる。死んでから再び生き返った人々の経験を書いた本だが、誰かの作り話ではなく、実際に経験したことを集めたものだという。人は死ぬと、霊魂が頭の上から抜け出して暫しの間自分の肉体とそこに来ている人々を見下ろしているという。私はまだ生きているのにと勘違いして、自分の死体にすがって泣いている家族を慰めて回るという。そうしているうちに、ある力に引っぱられて闇の中に引きずり込まれていくのだそうだ。そこでようやく自分が死んで一人になったということを悟り、これからどこに行くべきか分からなくて当惑していると、すぐに明るい光が自分を迎えにきて包んでくれるのだという。その光がどれほど暖かくて穏やかなものか、この世では一度も味わったことのない幸福感に包まれるのだという。何人も再び戻りたいとは思わなくなるんだという。ところで、その光はどうも神さまご自身のようなのだ。私に私の一生で行なったいろいろなことを全部見せてくれて、私が犯した罪を自ら悔い改めるようにしてくれるという。その光と私は言葉を交わすのだが、もちろん言葉ではなく、考えそれ自体が直接伝達される対話だ。再び生き返った人々はここでその光が再び帰って行けと言ったので帰って来たが、帰って来なかった人々はそこで審判を受けて自分に見合った天界に行って暮らすようになるという。そして誰かに会いたいと思ったらその瞬間、その人が見えるようになるのだという。だから、私はいつも君と子どもたちを見ているよ。私の言葉は君には聞こえないだろうが、君と子どもたちの話を私はいつも聞いてるよ。そして君、神様がいらっしゃることを信じなさい。君の苦労は神様がみんなご存知だから、君が霊界に来れば大いなる祝福を下さるだろう。私と君、そして私たちの子どもたちが再会し、一緒に暮らすようになることは間違いない事実だよ。この事実を知って死ぬので私は幸せだ。君もあまり悲しがってはいけないよ。この事実を教えてあげることで今度のクリスマス・プレゼントに代えようと思います。

手紙を読むのをやめ、チョンエは子どもたちの部屋に走って行って明かりをつけ、叫ぶように尋ねた。

「誰がこの手紙を置いたの?」

長女が涙の跡を残した顔を布団から出して答えた。

「私よ。パパが病院にいたとき、クリスマスの日にママにあげなさいって私に預けたの」

「泣かないで。パパが今、私たちと一緒にいるのよ。私たちの話を全部聞きながら」

チョンエは天井を見上げた。そして初めて味わう幸福感で涙と笑みがいっぺんにあふれた顔を夫に見せた。

(一九六五年)

## 手術

日が昇ったのか、東の空には金色の長い帯が見えていたが、周囲はまだ人の顔が分からないほど暗かった。ポンドギは堂山《タンサン》（村の守護神の丘）の木の下で肩をすぼめて立っていた。しばらくして村に続く道のほうからそっと近づいてくる人の足音が聞こえた。大人の体《てぃ》のポンドギは大木の後ろに隠れ、それがクムネかどうかをうかがった。その人がどんどん近づいて来るのを見て、ポンドギはクムネに違いないと思った。

「クムネ？」

ポンドギが声を潜めて言った。

「うん、寒くて死にそう」

ポンドギは堂山の丘から道に下りた。

「来てから、だいぶ経った？」

クムネが近づきながら尋ねた。

「うん、ずいぶん経ったわ」

「お父さんが起きてるみたいで、私、出てくるのに苦労したのよ」

クムネが言った。

「寒いでしょ?」

クムネがポンドギの側に来て言った。

「うん、もう冬が来たみたい」

ポンドギが答えた。

霜の降りた田畑は闇の中に白く浮かんで見えた。二人は並んで原っぱの道を歩き始めた。牛車の轍の溝に足を取られてポンドギは一度よろめいた。クムネが素早くポンドギの腕をつかんだ。野原のあちこちに積まれた稲俵の真っ黒な影が二人を怖がらせた。

「こんな時間に歩いている人はいないよね? いるかしら?」

ポンドギが尋ねた。

「いないでしょう。でも、急ごうね」

ポンドギはクムネの言葉に従っていっそう足を速めた。

「あんたが先になって。私、ちゃんとついて行くから」

ポンドギが言った。

クムネはポンドギの言う通り、ポンドギの前に立って歩いた。その後をポンドギは少し首をすくめて追いかけて行った。ポンドギは肩をわなわなとさせていた。震えているのを忘れようとポンドギは話し始めた。

「私、昨夜、変な夢を見たの……」

「夢の話なんか、やめて」

「うん、分かった」

ポンドギは口をつぐみ、自分の歩みを少しでも速めるのに専念することにした。

「あんた、それでも、眠ったのね。私は全然眠れなかった」

クムネが言った。

「私もちょっとしか眠れなかった」

村のほうから鶏の長い鳴き声がしてきた。そのおぼろな声を聞くとポンドギは、まるでこの村から永遠に追い出されるようで悲しくなった。

「鶏の鳴き声、聞いた?」

クムネが言った。

「うん、変な気持ちになる」

「だよね?」

ポンドギはクムネも自分と同じような気持ちだったと思うと心強かった。

「町に着いたら、日が昇るかしら?」

ポンドギが尋ねた。

「でしょう。ひょっとしたら、日が昇った後、町に入るようになるかもね」

クムネが答えた。

「そのお医者さん、どんな人？」

ポンドギが尋ねた。

「すごく格好良かった。背が高くて、丸顔で色白よ。李舜臣*将軍は多分、あんな顔だったと思う。でも、気の毒に足をちょっと引きずっていたわ」

「あんた、それにしても、本当に勇気があるのね。ちゃんと話せたんだもの」

ポンドギがくっくっと笑った。

「何も言い出せなくて、大目玉を食ったのよ。それで、気づいてくれたみたい」

「あんた、顔、洗った？」

クムネが尋ねた。

「ううん、洗ってない」

「私たち、顔、洗って行こうよ」

「ここで？」

「そうね、小川のとこまで行って、そこで洗おうか？」

クムネはしばし歩みを止めた。そして村のほうを振り返った。ポンドギもクムネについて村のほうに顔を向けた。村の家々はまっ黒くなって互いに固まり、くっついて見えた。村と野原に覆い被さっている闇が二人の心をも押さえつけていた。

「ううっ、寒っ。ぞくぞくする」

クムネが話しながら再び歩き始めた。ポンドギもすっかり体を縮めて小走りになった。二人は長い間何も話さないで歩いた。村からかなり離れた所まで来ていた。急にクムネが驚いてさっと片足を持ち上げた。

「どうしたの？」

ポンドギが怖気づいた声で尋ねた。

「ああ、びっくりした。バッタよ」

クムネは答えながら足についたバッタを遠くへ放りなげた。二人は再び歩き始めた。

「あの人たち、今ごろ、何してるかしら？」

ポンドギが言った。

「そんなこと、考えてどうするの」

クムネが分かりきっているというように言った。

「あんた、今、あの人のことを考えていたの？」

「ううん、ただ、あの人たちは何をしてるかなって……」

「寝てるでしょう。みんな、寝てるわよ。もうあの人たちのことを考えるのはやめて、ね？」

「うん、ただ……ちょっと……」

ポンドギはぐっと息がつまりそうになるのを感じながら言った。

「分かるもんか。李舜臣将軍の話も、*泗溟堂の話も、*柳寛順の話もみんな、あの人たちの作り話かも、分かったもんじゃない。」

「ホント。全部、作り話かもね。でしょ？」

「そうよ」

「だけど、あの頃は本当に面白かった」

ポンドギは細長い三角形の赤い旗のことを思い出していた。あの人たちは、あの旗を自分たちが行くところにはどこへでも持って行って立てた。あの旗があるところでポンドギたちも交わってギターとハーモニカに合わせてフォークダンスという踊りを習い、歌も合唱した。山に行って草も刈ってきて、くっくっと笑いながら糞を汲み取ってきて草の上に振りまいて堆肥も作った。英語の初歩も習い、李舜臣将軍の話も聞いた。この前の夏は本当に大騒ぎした。彼らのマークの付いた麦わら帽子。都会から来た人らしく白い肌。それはすぐに真っ赤に日に焼けてしまったけど。冗談、笑い、あの明るい笑い声、拍手の音、夜が更けて家へ帰る途中、村の砂利道を埋めた松明の揺らぎ、程よい疲れ、低い囁き、ああ、あの囁き……。

「あんた、泣いてるの？」

クムネが足を止めて振りかえって言った。

「ううん」

ポンドギが言った。

「ホントに、泣いてなんかいないわよ」

「私、あんたが何にも言わないから、泣いてるのかと思った」

クムネは再び前を向いて歩き始めた。

「あんたは、どう見ても、私よりはマシなんじゃない？　この間、手紙のやり取りしてたんだもの」

クムネは言った。

「私はたった一回きりよ」

四方がだんだん明るくなってきた。ポンドギはクムネのお下げ髪が歩くたびにゆらゆらするのを見ながら歩いた。二人の前に小川が白く光っていた。村からずいぶん遠くに来ていた。

「顔、洗おうか?」

「うん、洗おう」

二人はそれぞれ飛び石に足を置いてしゃがんだ。小川の冷気が膝にじわりと伝わってきた。水に手を入れる気がせず、クムネはぎゅっと腕を組んで縮こまり、ポンドギはスカートで手を包んでやはり縮こまってしゃがんでいた。小川の流れる音が二人の耳に大きく飛び込んできては、遠く幽かなものにも聞こえた。

「私たち、じゃんけんして負けたほうが先に水に手を入れることにしようよ」

クムネが提案した。

「そうね」

クムネは依然として腕組みしたままポンドギのほうを向いている手を開いたり握ったりし、ポンドギはスカートにくるんでいた右手を少しだけ出して二人はじゃんけんをした。ポンドギはクムネの青い唇とかさかさに乾いた顔を見た。自分もクムネと同じだろうと思うと、今頃家で何も知らないで眠っているだろう母親に急に会いたくなった。

「じゃんけんぽん」

「じゃんけんぽん」

二人はつぶやくように口の中でじゃんけんぽんを唱えながら手を開いたり握ったりした。クムネが負けた。しかしクムネは組んだ腕を一層引っ込めてぼんやり流れる水を見下ろしているだけで、ポンドギもじゃんけんのことはいつしか忘れてしまい、クムネのようにぼんやりと川面だけを見ていた。水はすばやく飛び石の間を抜けて逃げ去っていく。枯葉が一枚水に浮かんで流れていくのが見えた。ポンドギはその枯葉を目で追いかけた。急に何も見えなくなり、目の前を遮っている黄色いものがぐるっと回り、吐きそうになった。クムネがつかんでくれなかったら、水の中に倒れ込むところだった。

「目を閉じていてね」

クムネが急いで言った。

目を閉じて立っているポンドギをクムネが注意深くしゃがませ、自分の片手を水に濡らしてポンドギの額にあてた。それを何度か繰り返した。

「少し良くなった?」

クムネが尋ねた。

「もう大丈夫」

ポンドギが目を開けて言った。

「こんなことしてたら、町に早く行けなくなっちゃう。さあ、顔を洗って行こう」

「本当に大丈夫？」

「うん、もう大丈夫」

二人は静かに手に水をつけて顔を洗い、掌で水をすくって口をすすいだ。それから立ち上がって小川を越えた。

「大丈夫？」

クムネがポンドギに尋ねた。

「ちょっとくらくらするけど、大丈夫」

二人はさっきより少し速度を緩めて歩いた。東の空に澄んだ赤い雲が横に長く伸びていた。霜の降りた田畑もうっすらと赤く光っていた。

「このまま遠いところに行って暮らすのは、どうかしら？」

ポンドギが言った。

「あんた、このまま……産みたいんでしょ？」

クムネが言った。

「ううん、そんなんじゃなくて……」

「あんたの気持ち、私だって分かるわよ。私がそんなふうに全然思わないって、思う？」

しばらくの間、二人は黙々と歩いていた。

「本当に私たち、どっか遠いところに行って暮らそうか？」

クムネが言った。少ししてから二人は声を出さずに笑った。それは出来ないことだとよく分かっていた。遠くに行くことを想像してみても、その想像はすぐに行き詰ってしまうのだった。

しかしポンドギはある遠いところを考えた。多くの人がフォークダンスを踊り、歌を歌って暮らし、子どもはすくすく育ち、あの大学生の温かな手がいつも傍にある、どこか遠いところ。果たしてどこに行ったら、そんなところがあるんだろう？

「あんたんちとあたしんち、大騒ぎになってるよ、きっと。私たちがいなくなって」

クムネがちらっとあの遠くの自分たちの村のほうをふり返って言った。

「あれって、長くかからないよね？」

ポンドギが尋ねた。

「一時間半位、病院にいたら良いんだって。お昼には家に帰れるはずよ」

「私たち、うんと変わっちゃうよね。そうじゃない？」

「もう変わっちゃったんじゃない？」

「何が？」

「お腹が」

「あんたったら」

二人は同時にお互いの顔を見、声を出さずに笑いながら睨みつけた。

「あんた、今まで何回動いた？」

「私、まだ一回も……」

「私、一回あった」

「うわっ、可愛いでしょうね。私も一回、あったらな」

ポンドギが言った。

「ウソよ」

クムネがくすくす笑いながら言った。

「お嫁に行って産むのと行かないで産むのと、何が違うのかしら？」

「男の子に生まれるのが、女の子になって生まれてくるのかな？」

「子どもの父親が傍にいるなら、違いは何もないでしょうね」

「でも、子どもの父親が傍にいないじゃない？」

「今、私、あの人に会えたら良いな」

「私も」

「あんた、あの人が本当に好きだったの？」

「うん、あんたは？」

「私も好きだった。でも、それより可哀そうに見えた。そして、あの人の話を信じたし……」

「あの人たち、今頃何してるかな？」

「寝てるでしょ。何にも知らないで寝てるでしょ」

「そう？　今頃は起きてるでしょ？　あの頃もあの人たち、早く起きて朝の体操、よくしてたじゃない？」

「そうね、本当に。多分、起きてるね」

「ソウルに行ったら、あの人たち、探せるかしら？」

二人はうなだれてのろのろと歩いた。すでに四方は完全に明るくなっていて、間もなく日が昇るようだ。遠くの野原に何人かの人の姿が見えた。

「あの人たち、どうしてあんなふうだったのかしら？」

ポンドギが言った。

「何が？」

「あの人たち、何人か一緒にいれば、わいわい騒いでよく遊ぶのに、一人だと哀れな感じに見えたじゃない？」

「あの人たちの話はやめましょうよ」

「一つだけ、聞くね。私たちが今、あの人たちを訪ねていったら、あの人たち、私たちにどう対してくれるかしら?」

「あんたのあの人は喜んでくれるかも知れないけど、私のほうはそうじゃないと思う。この間、手紙だって一回やりとりして、それで終わりだったもの。早く行こう、ね。野原に人が出てきたわ」

二人は歩みを速めた。

「他のことを考えるのは止めよう、ね? 今、そんなこと考えちゃ、ダメ」

クムネが言った。

二人は野原を通り抜けて山の麓の道を歩いていた。山裾の角を曲がるとき、二人は向こうの貯水池の堤の上に霧が幽かにかかっているのを見た。貯水池の堤の下にある小川にはエビが多かった。ああ、あのエビ捕りをしながら騒いでいた日……。

「あそこでエビ捕りしてた日、覚えてる?」

クムネが言った。

「あの人たちの話はしないって言っときながら……」

ポンドギが言った。

「あっ、そうだった」

この夏はホントに大騒ぎした。うきうきするようなことをあの人たちは毎日準備していた。だから、朝になるのを待つなんて、初めてだった。夏が過ぎたらあの人たちもいなくなって、今は柿の実が霜にあたって真っ赤に熟す季節になった。

二人が遠く村の教会の尖った鐘楼を見たとき、日が昇り始めた。二人は太陽を胸にして歩いていたので、澄んで輝く日の光がくるくる回りながら、山の上にぐんぐんと燃えあがるのが見えた。それまで見た日の光の中で最もまぶしい光だった。遠いところを歩いてきたので、二人の額には脂汗がにじみ出ていた。朝日の爽やかで強い光線のせいなのか、二人は胸がむかむかしてきて道端の岩の上に座った。

「私、私たちが十年くらい後に今日のこと、どう思うんだろうって考えた」

クムネが言った。

「私たちにも、十年後があるかな?」

ポンドギが言った。

「私も、そう考えた。だけど、おかしいじゃない? 前は私も子どもができるなんて思わなかったのに。だけど、できたじゃない?」

「私は怖いだけよ」

「私もちょっとは怖い。だけど、私たちにも十年後はあるはずよ」

「十年後に私たち、どうなってるのかしら？」

「多分、お嫁に行ってお母さんになってるはずよ」

「私も色々考えてみたの。そしたら、私、誰か、農夫の奥さんになってるだろうって。多分、私、しっかりした奥さんになれると思う。良い奥さんになろうと努力するだろうって」

「私、三か月の間、あの人のこと以外は何も考えられなかった。あの人が来て連れて行ってくれなくちゃ、私、死んじゃいそう」

「あの人たちのことは考えないほうが良いわ。手術が終わったら大丈夫、そう思わない？」

「私、すごく怖い。ねえ、正直に言えば、私、手術するのは嫌」

「じゃあ、どうするの？」

「私も分かんない。ただ、遠くへ行ってしまいたい」

「村の人からどんなに悪く言われるか。それに、お父さん、お母さんは……」

「しなくちゃならないのは、私も分かってる。だけど……。そうしちゃうのが、何か嫌なの」

ポンドギはクムネの顔色をうかがった。クムネが咎めないことを願った。

「やっちゃうほうが良いと思うわ。私も色々考えた上で決めたことなんだから。もう行こう、ね？」

クムネは岩から立ち上がった。

「とにかく、私たちが悪いんじゃないんだから！」

「それも、私にはよく分かんない」

ポンドギはクムネに従い、立ちながら言った。

「私、おかしいでしょ？」

「ううん、おかしくないわ。私たちが愚かだっただけよ。やってしまえば、大丈夫のはずだから。さあ、行きましょ」

二人は再び歩き始めた。町に着くまで二人はほとんど無言だった。早朝にもかかわらず町は騒々しかった。男の子たちは自転車の後ろに箱を載せてチリリン、チリリンとベルを鳴らしながら危なっかしいほどのスピードで走っていた。バスはのろのろ走りながら手を振る人がいると止まり、乗客を乗せていた。ある商店の前で水撒きをしていた人が、田舎から出てきた二人の少女をじっと見つめた。楽器店からはやかましい歌声が流れていた。

二人は建物の軒先をのろのろと歩いていった。

「どこの病院なの？」

ポンドギが尋ねた。

「郵便局脇の路地にあるの。あんた、どうする？　まだ決心がつかないの？」

クムネが言った。

「終わっちゃえば、本当に何もなかったことみたいになるかしら？」

ポンドギが言った。

「そうじゃないと思う。けど、決心次第なんじゃない？」

「あんた、本当にするの？」

「うん、私はやるわ」

「じゃあ、私もやるわ。じろじろ人に見られてるみたい。早く行こう」

二人は顔を隠すようにうなだれて歩いた。二人は郵便局の建物の脇道に入った。クムネが歩みを止めた。

「着いたの？」

ポンドギが震える声で尋ねた。

クムネは目で、高い銀杏の木が塀の中に立っている建物を指した。銀杏の葉は黄色く色づいて、くるくる回りながら次々に舞い落ちていた。二人は震える脚を懸命に隠そうとしていた。

「あんたが先に入って」

クムネがべそをかきながら言った。

「嫌よ。お医者さんに頼んだの、あんたでしょ?」

「人が変に思うから。とにかく、行こう」

二人は病院の門の前をそのまま通り過ぎ、そのままのろのろと歩いていった。そして、誰かの家の塀の下で止まった。

「人がもっと大勢通るようになるよ。早く入ろうよ。ね?」

クムネが言った。

「私に先に入れって言わないでよ」

「分かった。一緒に入ろうね? 一緒に、ね?」

二人は再び来た道を引き返した。しかし今度も入っていけず、病院の前を首をすくめて通り過ぎてしまった。再び初めに立ち止まったところで止まった二人は、鳥肌が立って血の気が失せた互いの顔を見かわした。郵便局の建物の中から電話のベルが鳴る音が長く微かに聞こえてきた。郵便局の中から男が窓越しに二人を見下ろしていた。クムネがポンドギの片手をぎゅっと握った。そして二人は速足で病院の門の前に行った。

白い看護師の服を着た、二人と同じくらいの年恰好の看護師が庭の草花に水やりをしていたが、門を入ってくる二人のほうを見た。二人は背後で門をやっとのことで閉めたが、その場に立ちすくんでいた。

「どのような御用でしょうか」

看護師は二人に近づきながら、見くびるような目つきで言った。看護師の体から消毒薬の臭いがほのかに漂ってきた。

「あの、……一昨日……先生に……お願い……」

クムネが言った。

「ああ、お二人だとおっしゃいましたね。先生は今、朝ご飯を召し上がっていらっしゃいますから、中でお待ちになるなり、一時間後にいらっしゃるなり、お好きなように」

二人は待合室に入って木の長椅子に座った。

「家で大騒ぎしてるでしょうね」

ポンドギが言った。

「家に帰ったら、お母さんには話したい」

「誰にも話したくない、私は」

クムネが言った。

「私、一生、誰にも話さない。他の人に恥ずかしいからじゃなくて」

ポンドギが言った。

「あの人たちのことは考えちゃダメ、いい？」

「最後だから思いっきり話したい。あんた、あの人たちから習った歌、今も全部歌える？」

「ハーモニカの音、本当に良かったね？」

「さあ、私、一つも思い出せない。あらっ、泣いてるの？」

ポンドギはテーブルに肘をついて手で目を覆い、声を殺して泣いていた。クムネは片手でポンドギの腕をつかんで静かに揺らした。

「考えないで。何も考えないで。私のように十年後だけ考えてね」

長い間ポンドギの腕を揺らしてからもう一度静かに言った。


（一九六五年）

＊李舜臣《イスンシン》将軍：秀吉の朝鮮出兵の際、朝鮮水軍を率いて戦い活躍した将軍。その功が称えられてソウルの世宗路をはじめ、各地に銅像が建てられている。
＊泗溟堂《サミョンダン》：秀吉の朝鮮出兵の際、義僧兵の総指揮官として戦った禅僧。一六〇四年、徳川家康と会見し、日本と朝鮮の国交回復に大きな役割を果たした。数千人の朝鮮人捕虜の帰国も実現

させた。のちの十二回にわたる朝鮮通信使を可能にしたとして評価されている。
＊柳寛順《ユグァンスン》：（一九〇二〜一九）一九一九年、三一運動が勃発すると発せられた朝鮮総督府の休校命令で、当時京城の梨花《イファ》女子学堂の生徒だった彼女は故郷の天安《チョナン》に帰る。四月一日、市場で群衆に独立運動の演説を行ないデモ行進に進むが、憲兵警察の発砲で両親を失い、彼女は逮捕される。その後、刑務所内で死亡。正確な死亡日時や死亡地については諸説ある。

# 指に目がついた女

ヨンイという女がいました。

彼女が七歳のときのことです。

ある日、大人たちがみんな外出してしまったので留守番をしながら庭で遊んでいると、塀の下に真ん丸な穴が開いているのを見つけました。

昨日までそこにそんな穴はなかったみたいでしたが今日、目に入ったのです。穴は偶然できたものではないようでした。ヨンイの小さな拳がようやく入るか入らないか位の丸い穴の周りを土がこんもりと縁取っている様は、手の器用な人が丹念に作ったように見えます。

穴はかなり深そうでした。顔をぴったりあてて覗き込んでみましたが、穴の入り口付近が見えるだけで中は真っ暗で見えません。

見えなければ見たい思いは切実なものになります。あの中に何があるんだろう？　あの穴はどこに通じているんだろう？　あの穴はどれほど深く、どれほど遠くまで続いているんだろう？

あの穴の向こうには童話の本に出てくる可愛い小人の国があるように思えます。旗がはためく錦の御殿と二十日鼠が引く車に、王子様とお姫様のように着飾った小人の男の子と女の子たちがいろいろな楽器を弾きながら、楽しく群をなして遊んでいる世界があるように思えてなりません。

その時突然、一つの願いがヨンイの頭に浮かびました。

私の指の先に目があったら、どんなに良いだろう！　この人差し指の先に目があったら、指を差し込んであの穴の中をみんな見ることができるのに。

そんな願いが一度浮かぶと、これもまた我慢できないほど切実なものになり、どうしても望み通りにならなければ、地べたに転がり泣き叫んでも気が晴れないように思われました。

どうして目は顔についた二つしかないんだろう？　指先に目があれば、本当に使い道が多いのに。

ヨンイが余りにも切に願っていると、白い天使が現れました。

「ヨンイ、神様は人に必ずなくてはならないものはすべて下さったのだ。お前の目が顔に二つだけしかないのは、それだけで十分だから、そのようにお創りになったのだ」

天使はそう言うと消えてしまいました。でも、ヨンイの不満は消えませんでした。

「神様はけちん坊でいらっしゃるんだわ。指先にもう一つ目があったら、うんといっぱい見ることができるのに」

ヨンイがそのようにふて腐れていると、急に左手の中指の先がむずむずしてきて、ぷくりと目が突き出てきました。まるで小さな懐中電灯の電球のような形です。

「まあ！」

余りにも嬉しくてヨンイはぴょんぴょん跳びあがりました。すぐに指先の目を使ってみることにしました。指の目は顔の両目を閉じないと見えないようになっているのがわかりました。

ヨンイはしっかりと両目をつぶって指の目をあの塀の下の穴の中に慎重に差し込みました。

あ、何か見えます。きらめくものが穴のずっと奥のほうにあります。もう少し目を大きく見開いて詳しく見てみました。ついにはっきりと見えました。そのきらめくものは大きな鼠の目でした。その気味悪い姿の鼠は長いひげをぴくぴくさせながら今にも飛び掛かってくるようにこちらを睨んでいるのです。

「キャーッ！」

叫びながらヨンイは慌てて穴から指を抜きました。余りにもびっくりして、怖くて全身が震えました。庭を横切って部屋の中に逃げ帰り、ドアをしっかり閉めるまでヨンイは無我夢中でした。でも、それは災いの始まりにすぎませんでした。

ヨンイの指に目ができた事実を知って、ヨンイの両親は仰天し、落胆しました。

「うちの大事な娘がどうしてこんな体になってしまったんだ！」

悲しみ恥ずかしがり絶望する両親を、ヨンイは理解できませんでした。ヨンイの両親は革でキャップを作り、目がついた指に被せてやりながら言いました。

「誰かに聞かれたら、指を怪我したと答えて、絶対目ができたと言っちゃ駄目よ、分かった？　他の人にはないものを持った人は、異形の人って言われるからね」

「じゃあ、私、異形の人になったの？」

「いいえ、違うわよ。それより他の人たちがお前を羨んで、意地悪するかもしれないの。お母さんに誓いなさい。絶対他の人の目に触れないようにするって」

「誓います、お母さん」

しかし、噂が広がらないわけはないのです。

中学生になって初めての中間試験を受けるときのことでした。試験監督の先生が試験用紙を配る前にヨンイに命令しました。

「ヨンイは自分の机を持って、こっちの隅に来なさい」

指の目でカンニングする恐れがあるので、ぽつんと離れた隅っこにヨンイを隔離したのです。友達がキャッキャッと笑いこけました。ヨンイは独りぼっちになったのを深く感じて、両親がどうしてあんなに他人に隠せと言ったのか、その理由がはっきり分かりました。それからは徹底して他人にばれないように指の目を包帯でぐるぐる巻きにして通いました。

でも、女子高生の思春期の頃は、ちょいちょいあの指の目を使っていたのです。男子生徒からきた手紙を机の下に隠しながら読んでいる友達の肩越しに、こっそり指の目で盗み読みしては、他の友達に言いふらしたりしたのでした。

いつしかヨンイも大人になり、結婚しました。

お見合いで知り合った男性でしたが、ヨンイはすっかり心を奪われました。ところが初めての夜、ヨンイはすぐに大きな失敗をしてしまいました。横で先に眠りについた夫の顔を、ヨンイは鑑賞していました。さっき生まれて初めてした口づけのあの甘美な感触を思い出しながら、ヨンイが眺めている夫の口は今、深い眠りに落ちて半分開いていました。急に、ヨンイはその口の中が見たくなったのです。男性の口の中はどんな風になっていて、口づけがあんなにも恍惚としたものになるのだろう？　ヨンイはそっと指の目を夫の口の中に差し込みました。そして発見したのは、二本の虫歯とすでに抜けてしまった一本の奥歯の跡、煙草の脂で真っ黒な歯の裏側など、荒漠たる風景でした。

その後は口づけしようと近づいてくる夫を、ヨンイは到底受け入れる気分になれませんでした。目の前に浮かぶのは、真っ黒に腐った奥歯だったからです。

ついに夫は、妻が自分を愛していないと判断を下してしまいました。

ある日、ヨンイが夫のポケットから他の女性の口紅がついたハンカチを見つけたのも、あの手についた指でした。


（一九六六年）

# 暮らしを楽しむ心

昨日、キュシクの席が窓際に移された。ときどき社内の雰囲気を変えて社員が新たな緊張感をもって働けるようにしなければならないと考えている社長は、半年に一度の割で机の配置を変えるのだった。

窓際に座ったのでひときわ胸のつかえが降りるようだった。会賢洞《フェヒョンドン》一帯が眼下に広がっている。その雑多な建造物の姿に暫し仕事を忘れてぼうっとするのだった。その風景の中で特に目を引くのは公衆浴場の高い煙突だ。レンガを積み上げた煙突だが、てっぺんに白色で「独湯・大衆湯」というゴシック体の文字が書かれていた。どこの町内でもよく見られる銭湯の煙突だったのでキュシクはしばらくの間、気に留めなかった。ところがある時ふと、「独湯」というのはどのようなつくりをした、どんな用途のものなのかを自分が知らないことに気づいた。「大衆湯」と言えば、それはもちろんキュシクも町内で週に二、三度は利用する、ガラス戸を開けて入れば金を受け取ってロッカーの鍵を出してくれる窓口があり、ロッカーの鍵を受け取ってカーテンを開けて入っていけば片側の壁は鏡で、反対側の壁は木組みのロッカーがびっしり並んだ板の間がある。素っ裸になってそこからガラス戸を開けて入っていくと、湯気で白く霞むタイルの広い床があり、三、四歩進めばお湯がいっぱいになった大きくて丸い浴槽の中に、何人かの黒い頭が見え……そんな風呂だろう。

ところで、「独湯」とは一体、どんなものなんだ？

「ちょっと、あのう」

キュシクは向かい側に座る同僚に尋ねた。

「独湯って、何ですか？　ほら、あそこ。あそこに見える煙突に独湯……」

「ああ、独湯！　銭湯でしょうね、それが……」

「ですから！　大衆浴場は何人もの人が入るお風呂で、独湯は一人だけで入ることになっている、だから、小さな……」

「わかんないな。私もまだ行ったことがないんで」

すると、別の同僚がいきなり割り込んできて知ったかぶりをするのだった。

「独湯っていうのは、普通の家庭の風呂みたいなもんよ。普通、廊下の両側に旅館の部屋みたいにずらりと繋がってて、戸を開ければ小さな脱衣室、その奥に浴室。脱衣室にはベッドがあってひと眠りすることもできるようになってんのさ」

「誰でも入れるんですか？」

「もちろん、金さえ出せば誰でも入れるよ」

「高いんじゃないですか。一人で使うんなら……」

「そんなに高くはないよ。それに、必ずしも一人っていうわけでもないし。家族を連れて行ってもいいんだし……」

「ああ、そうなんですか。一人じゃなくて家族連れでもいいんですね？」

「ミスター・キム、家にお風呂、なかったの？」

「間借りですから。大家さんとトイレは共同ですけど、お風呂は使わせられないって」

「そうだろうな。そういや、ミスター・キム、新婚さんだったよね？」

キュシクは顔が真っ赤になってしまった。話している間に、ふと、妻と一緒にお風呂に入れる場所が世の中にあったんだ、という発見の喜びを相手に気づかれてしまったようで恥ずかしかった。

新婚夫婦でなくても、自分たち家族だけが使える浴室とトイレの必要性は切実なものである。まして人生のどの時期より最も二人だけの密かな時間と空間を確保したい新婚時代を他人の家の間借り住まいで、トイレを使うにも大家の家族が入っているかどうか様子を窺って入っては、外に音が漏れないかと気を使いながら暮らすというのは悲惨な気分だった。浴室も大家が使わないでくれと言ったからではなく、水浴びの音で大家の家族がこちらの裸身を想像するのではないかと思って、使うことができなかったのだ。妻は夜明けになるとプラスチックの洗面器にタオル、石鹸を入れて町内の銭湯に通っていた。

新婚時代というのは、結婚してからある時期までの時間を称するものだ。一度流れ去ってしまったら、二度と再び手にすることのできない時間だ。流れ去ってから浴室が二つも三つもついた「マイホーム」を手に入れたとして、それが何だ。キュシクは妻に申し訳なく、自分の境遇が腹立たしかった。

マンションの一室にチョンセ*で入居するだけの額が銀行の貯金にたまったら、その時に結婚式を挙げようとキュシクは主張したが、キュシクが軍隊に行って戻ってくるまでの三年を含め、五年もの間待ち続けた彼女としては、「これ以上待てというなら、両親が行けというところにお嫁に行ってしまう」と脅すしかなかった。

「狭いうさぎ小屋だからって、何なの。暮らしを楽しむ心構えが重要だって、私は思うわ」

そう言った妻は、何と、銭湯へ行くために夜明けに起きるのも楽しみにしているようだった。

「眠いから、もうちょっと寝て、日中に行こうかとも思うけど、他の人がまだ誰も入っていない、きれいなお湯にどっぷりつかる気分ったらないわ。そんな時、あなたと一緒だったらなって思うの」

キュシクも新婚旅行中に温泉ホテルで妻と一緒に風呂に入ったのを覚えている。初めは妻が「何てことを」と言って、一緒に風呂に入ろうとする夫の手を振り払って部屋の隅に逃げて行った。

でも、やがて熱いお湯に一緒に体を浸けたまま向かい合い、白い湯気を通して幻のように美しく清らかな互いの姿を見たとき、罪のない喜びと「死が二人を分かつまで一心同体で」という熱い気持ちが二人を包んだ。

妻も新婚旅行の時のことを懐かしんでいるに違いないとキュシクは思った。

「次の週末、あの温泉に行ってみようか」

「嫌よ。どんなに少なく見積もっても三万ウォンはかかるもの」

家の購入資金のための貯金を差し引いたら、バス代の百ウォンすら節約しなければならない程の収入だ。妻と一緒にどんなに一つの風呂に入りたくても、それは浴室付きのマイホームを持つまでは我慢しなければならない誘惑だった。

ところが、それほど高くもなく妻と一緒に入れる「独湯」というものがあったとは！

仕事を終えて会社を出るや否や、キュシクは退勤する同僚の隊列からこっそり抜け出し、事務室から見える煙突のあるところを探して路地をあちこち歩きまわった。

料金はいくらだろう？　高くなければ、妻が応じるはずだ。

妻が喫茶店に入ってきた。キュシクは手を高く上げて振った。夫を見つけ、速足で近づいてきて向かいに座った妻の顔は、不審そうに緊張していた。ところが、夫が楽しいことを隠しているかのように、にこにこしている顔を見て、悪い事ではなさそうだと安心し、緊張がほぐれた顔で、

「どうかしたの？」

「気になるだろう？」

「そりゃあ、気になるわよ」

電話で、服は着替えないでいいから、一万ウォンだけ持ってすぐに出てこいと言われたので、妻からしたら、夫が交通違反でひっかかって、警官に怒られている場面ばかり想像していたようだ。

「どうしたの？」

それでも夫は、妻をじっと見ながらにこにこしていた。

「もう、つまんない。着替えもしないし、お化粧もできないし、高いタクシーにも乗っちゃって……」

「実は、事務室の窓越しに銭湯の煙突が見えるじゃないか」

「お風呂屋さんの煙突？」

妻は突拍子もない話を始めた夫が、精神状態がちょっとどうかしたんじゃないかとまた探る表情になった。

「そう、銭湯の煙突が見えるんだけど、その煙突に独湯って書いてあるんだよ」

「だから？」

「君、独湯がどんなものか、知らないだろう？」

「どうして、知ってますよ」

「ええっ、じゃあ、行ったことあるの？」

「行ったことはないけど、一人でお風呂に入るところでしょ？」

「夫婦が一緒に利用できるんだって。そこの路地に、その風呂屋があるんだけど、今行ってみたところだ」

「えっ、じゃあ、あなた、一緒にお風呂に入ろうって、それで私に出て来いって言ったの？」

夫が頷いた。

「まあ、とんでもない、何てことを」

「あの時も、そう言ったよね」

「あの時ですって？」

「新婚旅行の時、温泉で……あの時も、何てことを、何てことを、そう言ったよね」

妻は恥ずかしそうに赤くなりながら笑った。

妻もようやく夫が何を望んでいるのか、悟ったようだった。間借りの境遇なので夫婦が気兼ねなく使える浴室がない。新婚旅行の時、温泉宿で夫婦が一緒にお風呂に入ったのを、夫が懐かしんでいるのだろう。

「料金はおいくら？　高いでしょうに」

「君は料金のことを聞いてくるだろうなって思ったよ」

「一万ウォン持って来いっていうのは、それなのね？」

「違うよ。それは夕食代だよ。風呂代はもう払ったよ」

「おいくらなの？」

「そんなこと、どうでもいいじゃないか。せっかくムードを盛りあげてるんだから、金のことなんか考えるなよ」

「お高そうね」

「いや、それほど……」

「分かりました。でも、石鹸やらタオルやら……」

「それは、その辺の店で買えばいいさ。風呂屋でも売ってるよ」

「まあ、あなたったら、全く」

妻は夫の突拍子のなさに、何とも呆れたようだった。それでも顔を真っ赤に染めて笑ってる妻が、キュシクには見合いをした時のように神秘的で、美しく見えた。

喫茶店を出て路地の小さな店で石鹸とタオル、そしてビール二本に食べ物を何種類か買った。風呂屋に向かう時、恥ずかしさを隠そうとするように妻はキュシクにぴったりくっついて腕を組み、大家の奥さんに、お金があるなら練炭を買っておいたら、と言われたとか、なんだかんだと間断なくぶつぶつ言っていた。キュシクのほうはまるで妻ではない女性と隠し事でもするかのような奇妙な感覚のせいで、とてもまともに目を上げられず、仏頂面を作ろうと骨を折った。浴室に入ってドアの鍵を閉めて二人だけになると、二人は約束でもしたかのようにほぼ同時に、「ふうっ」と大きく息をした。そして全く同じ気分だったことを知り、声を潜めて吹き出した。

「あーあ、浮気女の度胸を認めてやらなくちゃなりませんわね」

「何だって？」

「だって、そうじゃありません？　自分の夫とお風呂に入りに来るだけなのに、こんなに胸がドキドキするんですもの」

「こりゃ、どうも僕が君に悪い趣味を教えてしまったようだね」

「ほら、ね、そうでしょ？　そんなふうに思っちゃうでしょ？　だから、気分に任せて暮らしてちゃいけないのよ。あなたがあんまり新婚旅行のことを懐かしがっているようなので、ついて来ただけよ。私たちの家、私たちのお風呂を持つまでは、こんなことをしちゃ、いけません。銭湯に行くには憚られる皮膚病患者がこういうところに来て、お風呂に入るかも知れないじゃありませんか」

皮膚病患者という言葉を聞いたら、そうかなとも思えてキュシクは気になった。妻より先に服を脱いで浴室に入るや、熱いお湯をプラスチックの湯桶に汲んでくまなく振りかけ、浴室を洗っていった。他のお客が残していったかも知れない細菌を洗い流すためだった。ちょうど良い温度のお湯がなみなみと湯船に張られるまで、脱衣室の妻は浴室に入って来なかった。

「僕が抱っこして入ろうか」

「目を閉じて。目を開けちゃ、ダメよ」

「分かったよ。目、閉じたよ」

タオルを長く垂らして前を隠した真っ裸の妻が小走りで入ってきて、湯船の中にすっと体を隠すのを、キュシクは目を細めて見ていた。充満する湯気で真っ白くかすむ中で、肌がとても美しく見えた。二人が入るには少し狭かったが、幼い頃に机の下やタンスの中に入っていた時のような安らかさに包まれるのを二人は感じた。

「今日は、何してた？　家で」

「お昼を食べてから、あなたから電話をもらうまで本を読んでました。大家の奥さんが貸してくれた本なんですけど、面白かったの。人が死んだら肉体は腐って土になるけど、霊魂は空中に浮かんでいるんですって。そして、女性の誰かがお腹に子どもができると、その霊魂が素早くその子の中に入っていくっていうのよ。それでね、人は男性の精子と女性の卵子と空中に浮かんでいた霊魂と、その三つが合わさって子どもになって生まれるっていうんです。子どもの中には、自分が前世で誰だったのか、思い出す子もいるんですって。大部分は新しい父母と環境に適応して新しい現実を生きていくんですけど。私たちも同じなのよ。あなたも生まれ出て、肉体の形や体質は両親の肉体からの遺伝ですけど、最初の霊魂は空中に浮かんでいた他の人の霊魂が入ってきてるってことなんです」

「ということは、つまり、ここに霊魂が一つあるんだけど、ある人の中に入っていってその人の役を務めあげ、その人の肉体が死ねば抜け出して空中にいて、また他の人として生まれ、そんなことを繰り返しているっていうこと？」

「そう。そうして、その時々のことを霊魂は覚えてるんですけど、今の肉体を持っている人の環境や教育にさえぎられてすっかり忘れているだけなんですって。そして、前世で悪い事をした霊魂は現世で必ず報復されるんですって。だから、現世で良い事をたくさんしてこそ、死んだ後、他の幸せな人として生まれるんだそうよ」

「ちょっと待って。ということは、君の霊魂も僕の霊魂も僕らが死んだら、他の人の体の中に入って生きるというなら、それで……」

それで、君の体も僕の体も以前もなかったし、これからも永遠にないだろう、この永遠の宇宙の時間の中でたった一度存在して腐っていく、そんなにも貴重なものなのか？

キュシクは妻の口を通してつぶやいている霊魂が、むしろ他人のように気まずいものに思われ、お湯に浸かっている美しい体、お湯の上に出ている可愛い顔が、涙が出るほど不憫になってそっと抱き寄せ、ぎゅっと抱きしめた。

（一九六七年）

＊チョンセ（傳貰）：

借家人が多額の保証金を出して住居を借り受け、大家はその保証金の金利を家賃として受け取る。借家人が退居する時に、大家は預かっていた保証金全額を返す賃貸契約のこと。

# 夕食

　キム・インシク氏が勤務する会社は鐘路《チョンノ》二街の路地裏にあった。会社は五階建てビルの四階を借りていたが、キム・インシク氏の机は北の窓際にあったので一日も、いやこの十年間ただの一度も日が差したことはなかった。紙を扱う会社の経理事務という職責は机に張り付いて出し入れする伝票や小切手を管理し、電話で取引先に送金の督促やらをすることだったので、なかなか外出もできないし、外で日光を拝むなんて絶望的だった。キム・インシク氏は自分を一匹のゴキブリとみなして生きていた。生まれたのだから生きることは生きなければならない、生きなければならないから日も差し込まない隅っこでもこれが自分の任務と思って黙々と過ごしているのだった。扶養家族は多く、何らの才もないのである。

　ある夏の金曜日の午後五時頃、キム・インシク氏はちょっとおかしな電話を受け取った。小鳥のさえずりのような若い女の声だった。

「常務さんですか。お変わりありませんか。あのう、私、チョンです」

「ミス・チョン……とは……どなた……?」

「まあ、常務さん、もうお忘れですか。去年、乙支路《ウルチロ》三街の売り場で経理をしていたチョンです。本社のお使いで私が行ったり来たりしたじゃないですか」

「ああ、あのミス・チョン。結婚するって、会社辞められたんじゃ？」

「結婚は破談になりました。あちら側で騙してたことがあったんです」

「なんてこと！」

「常務さん、いま私、ここの一階の喫茶店に来ているんです。夕食のお約束とか、おありですか？　私、夕食をご馳走させていただきたくて、来たんですけど」

「夕食をおごってくれるって？　どうしたの？　何で？　電話では話せないことなの？」

「負担に思わないで下さい。就職のお願いじゃありませんから。ただ、あれこれ、ちょっとご相談しようかと。信じて相談できる方は常務さん、お一人しかいないんです」

「そう？　それなら、と、どうしよう、いま退勤間際の一番忙しい時間なんだが……じゃあ、ちょっと下りて行くよ」

「いいえ、お仕事、全部終わらせてから来て下さい。私、読む本を持って来ましたから、何時間でもお待ちしてます」

「そう？　僕、七時頃にならないと、終わらないんだけど」

「二時間位じゃないですか。私のことは心配ご無用ですから、お仕事を済ませてきて下さい。その代わり、仁川《インチョン》にお刺身を食べに行きましょう」

「仁川？　仁川まで？　とにかく、それは後で話すことにして、じゃあ……」

「はい、じゃ、後ほどお目にかかります」

受話器を置いたキム・インシク氏はしばし首をかしげた。そうじゃないと言うが、結局就職の頼みだろう。上司対部下として淡々とわずか三か月程度一緒に働いたこと以外は冗談一つ言い合った記憶もない間柄なのに、突然現れて信じて相談できる相手が俺しかいないとは、おかしな女の子ではないか？　しかし、事実かも知れない。家にひきこもってばかりいて、社会経験というものがあの三か月がせいぜいだとしたら、その時の上司だった俺が彼女の眼には最も信じて相談できる相手に思えたかも知れない。何だかんだと考えてみるキム・インシク氏には、しかし誰が何といっても受話器を通して伝わってきた若い女性の明朗さは朝の風のように新鮮で、胸一杯に吸い込んでみたかった。ああ、俺も年なんだなあ。四十五歳だもの。

七時とは言ったが、待つ人の退屈を思いやってキム・インシク氏は六時になると、残務を明日に回して席を立った。十万ウォンを前借りした。仁川に行こうと言うから、どうせ高い夕食になるだろうし、女がおごるとは言ったけど部下のような若い女性におごってもらうなんてできないし。俺がおごるのが道理だろう。

隣の席に可愛い鳥のように休みなくぺちゃくちゃ喋る若い女性を乗せて京仁高速道を走るキム・インシク氏は、自分がオーナードライバーになった甲斐を初めて感じるようだった。

「まあ、常務さん、運転がお上手。車を買われてまだ六か月というのに、どうしてこんなに運転がお上手なんです？」

「六か月経ったって、誰に聞いたの？」

「経理課のミス金からです。ときどき会うんです。常務さんのお父様がこの秋に亡くなられたということも聞きました。奥様が先月、盲腸の手術をなさったそうですね？」

「よく知ってるね。どうして僕に関心があるの？」

「良い方ですから」

「こりゃ、大変だ。夕食は僕がおごるから、僕の胸、ときめかせないでよ」

「胸がときめきます？」

「そりゃあ、ときめくとも。若い女性がほめてくれるんだもの」

「ただ事実の通りに言っただけですのに。常務さんはもともとお人柄がよろしいじゃないですか」

こんなふうに、ミス・チョンは絶え間なくぺちゃくちゃ喋っていた。調べてみると、婚約者が大卒というのも嘘だったし、弟妹が二人しかいないと言っていたのに、実は五人いて……怜悧で機智に富み、話題が豊富な若い女性の話し声はキム・インシク氏には明るい太陽の光のようであり、愉快な音楽のようだった。三万ウォンもするヒラメの刺身も少しも惜しくないし、美味しそうに食べながら続けられるミス・チョンのおしゃべりがかわいく思えてしかたなかった。これでは浮気の虫が起きてしまう。金のことばかり言っている四十二歳の妻を思い浮かべながらキム・インシク氏は、自分の胸に浸み込んでくる奇妙な願望を懸命に抑えた。

夜の十二時近くになってミス・チョンを家の近所に降ろしてやりながらキム・インシク氏は結局、言わずにはいられなかった。

「今日は本当に楽しかった。お陰で仁川の海風にも吹かれて、会社で溜まったストレスもすっかり解消したようだ。どうかな、時々二人で仁川に夕食、食べに行くのは？」

「本当に、夕食を食べるだけですよね」

「もちろん、そうさ。夕食、食べるだけさ。ミス・チョンの話が面白いからね」

「でしたら、ええっと、今日は金曜日でしたよね？　来週の金曜日に行きましょう。毎週金曜日が良いわ。常務さんは如何ですか」

「いいよ、毎週金曜日に」

「夕食、ごちそうさまでした。お気をつけて。さようなら」

「来週の金曜に！」

次の週の金曜日になるや、キム・インシク氏は朝から仕事が手につかなかった。電話が鳴るたびに耳をそばだてたが、午後六時を過ぎてもミス・チョンの電話はなかった。その代わり、総務部長が憂鬱そうな顔で近づいて来て、

「あのう、常務さん、内密にお話したいことがあるんです。ミス・チョンという子、ご存じですよね？」

下の喫茶店に行って向き合うや、総務部長は一層憂鬱な顔つきで話し始めた。

「油断ならない女です。月、火、水、木、金、土と毎日、男を一人ずつ決めといて、夕食をおごらせるんですよ。安いのなんか、食べるもんですか。値段の高い刺身とかカルビ、安くてもビュッフェです。正直言って、しょっちゅう会ってると、男の欲望が、夕食を食べて話をする、それで終わりますか。ちょっと欲を出そうとするとですね、あの恥知らず、スッと抜けて逃げてしまいます。飯代のことを考えたら、腹が立つんです」

「ちょっと欲を出そうとするって、どういう……？」

「まあ、ちょっと、キスするとか、そんなことですけど」

「腹が立って、どうしたの？」

「私の夕食を食べた腹を、何回か殴ってやりました」

「……君は、何曜日の男だったの？」

「月曜日でした。あの女が、ですから、曜日別に月さん、火さん、水さんと決めているじゃないですか。最近の女ときたら、全く恐ろしいですよ」

「それじゃ、僕は金さんだったのかな？　まあ、そうだとして、たかが夕食、一食のことで、何をそんなに怒ったんだい」

咎める口調のキム・インシク氏だったが、逢瀬が重なっていたら自分もやはり欲を出しただろうし、殴ったに違いないとも思った。だが、もっと強く押し寄せてきたのは、あの孤独な乙女の、明るい日差しのようでもあり、可愛い鳥のさえずりのようでもある、ぺちゃくちゃと喋る声への懐かしさだった。


（一九六七年）

# Ⅱ　一九七〇年代

ウンマ物語（一九七〇年）
天日と埃の遊び場（一九七〇年）
D・π・9記者のある日（一九七〇年）
水族館（一九七二年）
妻の体（一九七三年）
危険な年齢（一九七五年）
愛が再び出会う場所（一九七五年）

# ウンマ物語

晩秋のある夜、ファンチョン村で一頭の子牛が生まれました。

その晩、ファンチョン村の人はいつもの通り早めに晩ご飯を食べて床に就いたのですが、村の牛たちがかわるがわる張り上げる「うんめえ」という鳴き声が気になり、いつものようにすぐには寝つけませんでした。母牛が子牛を産む苦痛のために上げる呻き声を聞き、あちこちの家の牛たちが「頑張れ！」と励ます声でした。でも村人には、そうでなくても特に真っ暗で風が強い真夜中に、絶え間なく続く長い牛の鳴き声はひどく凄絶に聞こえ、心がかき乱されるのでした。

「大きいやつが生まれるようだな」

「二頭、生まれそうですね」

「パットリの家は金持ちになるわけだ。子牛が二頭とも雌ならな」

パットリの隣家の人は、布団の中でこんなひそひそ話をしました。しかし、生まれたのは一頭の牡牛でした。牛舎内をのぞいて出てきたパットリのおじいさんとお父さんの顔は、

がっかりした表情でした。大きくなれば子牛が産める牝牛は、牡牛より高値がつくからです。おばあさんだけは、

「縁起でもない、なんで舌打ちするの？　やってきた福も出てってしまうよ。牡牛は牛じゃないのかい？」

と言って素早く、朝一番に汲んでおいた井戸水を入れた器を小さいお膳に載せて牛舎の前に置き、その前にしゃがみこんで手をすり合わせながら産神様にありがたや、ありがたやと祈り始めました。

明日になったら見せてやる、という大人たちの言葉に子牛が見たい気持ちをぐっと我慢しているパットリ兄弟は板の間に座り、生まれたばかりの子牛の名前を考えていました。牛舎から聞こえてくるか細い鳴き声を聞いていた末っ子のパットリが、

「ウンマだって、ウンマ。あいつの名前はウンマだよ。今、子牛が自分の口でそう言ったんだから」

強情に言い張るので、生まれたばかりの子牛の名前は〝ウンマ〟になりました。

牛舎内では母牛がウンマの全身をもれなく舐めてやっていました。母牛の舌が真心こめて舐めたところは、きれいな毛が石油ランプの明かりを受けて絹のように輝きました。全部舐めてもらったとき、ウンマはか細い脚を踏ん張って立ち上がろうとしました。しかし、

まだ力がなくてばったり倒れてしまいます。生まれるや否や自分の脚で立とうとする姿が健気に思えてか、母牛は目を細めてウンマを見つめていました。そして、鼻には楡の木枝でできた鼻輪が通され、全身には汚い物がべたべたついてダニも何匹かいつもくっついている、自分の不細工で汚い体から、あんなにきれいで可愛い子が生まれたという事実が信じられないほど誇らしく、ウンマがとても大切に思えるのでした。

これから、あの子は間違いなく立派になるだろう、母牛はそう思いながら、だからちゃんと育てなくちゃと自分に言い聞かせました。でも、どうなるのが立派になることなのか、どう育てるのがちゃんと育てることなのかは分からない母牛でした。

麦が青く芽吹きはじめる春、ウンマは大分子牛らしい姿になっていました。ちっとやそっとの悪戯者ではありませんでした。餌を啄んでいる鶏の側にそっと近づいて行って急に〝ウンメエー〟と叫び、蹄を踏み鳴らして鶏が驚いて逃げ出すようにしたり、せっかちな村人が籾米を日干しのために筵に広げておいたのを散り散りばらばらにしたり、牛舎からこっそり抜け出して小川の辺に走って行き、砂利をひっくり返して遊んだりもしました。

そんな時は決まって腹を立てた人々に追い立てられるか、ウォーウォーと叫びをあげて駆り立てるパットリ兄弟によって仕方なく牛舎に戻ってきます。すると、母牛は心配そうな顔で鼻をウンマの顔にこすりつけ、こう言うのです。

「人様のご機嫌を損なうようなことをしては、いけないよ。言うことをよく聞かなくちゃ、自分が困ることになるんだよ」

母牛が教えられることは、これしかありませんでした。もはや飽きるほど何度も聞かされた話なので、ウンマは母親が叱ろうとする気配を察するとすぐに自分のほうから「人の言うことをよく聞かなくちゃ、自分が困ることになるんだよ」と言いのけてみたり、お腹がすいたという表情でもうお乳も出ない母親の乳首をくわえてチュッチュッと吸う真似をしてみたりもします。すると母牛は心配もすぐに消えて、この世で一番幸せなのは自分とウンマだと思うのでした。

さて、苺が真っ赤に熟し、麦の脱穀が真っ最中の初夏のある朝、ウンマに悲しい出来事が起こりました。その日、母牛は新道の近くにあるパットリ家の田んぼを鋤き返していましたが、ウンマは新道の脇に生えた草をむしっていました。草もかなり食べたので飽きてしまったウンマは、真っすぐ伸びた新道をそろそろと歩き出したのが災いの始まりでした。近くの苺畑に遊びに行く途中の一台の車が走ってくると、新道の中央をのそのそと歩く子牛を見つけて悪戯で駆り立てはじめました。ウンマは来た道を戻って必死に逃げはじめました。すぐにお尻にぶつかって来るような車を避けてあっちへ、こっちへと駆けながら、脇の田んぼに逃げようという知恵が働きませんでした。車に乗っている酔っ払い連中は得意になって騒ぎ立て、ウンマは悲鳴を上げて新道を走っていました。この光景を母牛が見かけました。

田起こしなどをしている場合じゃありません。

パットリのお父さんがマズイと思った時は、すでに母牛は重い犂を引きずったまま新道に走り出て、車のバンパーに体当たりして倒れてしまった後でした。

その日の夜、ウンマは母牛のいない牛舎で痛ましい声で鳴きながら、一人で過ごさねばなりませんでした。朝、ウンマの鼻に以前嗅いだことのない、おぞましい臭いが漂ってきましたが、それが母牛の肉が茹でられる臭いだとは全く知る由もありませんでした。

「どこ行くの？」

と言いながら、チョムベギがウンマの側に近づいて来て尋ねました。

「小川の辺だよ」

ウンマが答えました。

ウンマを追ってきた末っ子のパットリが、チョムベギを追ってきていたソギの耳に口をあてて何か囁いていましたが、ウンマとチョムベギは今日も一緒に過ごせることが嬉しくて、他のことに気を回す余裕がありませんでした。チョムベギはウンマより五か月遅く生まれたソギの家の牝の子牛でした。すでに角が生え始めたウンマに比べると、体もか細くて幼く見えますが、ウンマとは一番の仲良しです。晴れわたった日、小川の辺の草むらで仲睦まじく草を食んでいる中小の二頭が見えたら、ああ、またウンマとチョムベギがデートをしているな、と思われても仕方ありませんでした。

今日もご主人は小川の辺に連れて行ってくれるだろう、そう信じて村の入り口まで来た時、末っ子のパットリはウンマを欅の下に連れて行きました。そこにはパットリのおじいさんとお父さんをはじめ、村の大人たちが何人か集まっていました。ソギはチョムベギを連れてまっすぐ小川の辺のほうに行くのでした。

「今日は、どうしたんだろう?」

チョムベギが残念だというように声を張り上げました。

「なに、すぐに追っかけて行くから、先に行ってて」

ウンマが言いました。

「すぐにおいでよ」

と、チョムベギが振り返りながら叫びました。

ウンマは不吉な予感がしました。村の大人たちがパットリのおじいさんの指示であちこちに杭を打って金串を準備しはじめるのを見るや、ウンマはにわかに怖くなりました。それで欅の木につながれた綱をほどいて逃げようと蹄を鳴らし悲鳴をあげました。

するといい、末っ子のパットリが近づいて来て背中を撫でてなだめました。

「今日からお前は大人になるんだ。大人になるんだよ」

暫くしてウンマは四本の脚が杭に縛り付けられ、鼻に穴があけられて楡の木の枝で作った鼻輪が通されました。その間ウンマは何度も泡を吹いて気を失いました。

気が付くと小川の辺でした。チョムベギが向こうから気まずい表情でこちらを見ていました。ウンマが嬉しくて言葉をかけようとしましたが、チョムベギは悲しそうにそっと顔をそむけてしまうのでした。それでようやくウンマは自分の鼻に鼻輪がつけられた事実を悟り、顔がかっと熱くなりました。小川に走って行って水に映った自分の姿を見ました。ああ、自由だった幼年時代は終わっていました。ウンマもこれからは重い犂を引いて田んぼの仕事をしなければならない時がきたのです。体には汚いものがべたべたとくっついて干からび、ダニもくっついて血を吸いはじめるでしょう。夜遅くなって疲れた体を牛舎に横たえては明け方早く、野に出かけて仕事をしなければならない時がきたのです。チョムベギと一緒にやたらにうろつき回って草を食み、悪戯して遊んだ時代はもう終わってしまったのです。

何年かが過ぎました。今やウンマは田んぼ仕事にも慣れた頑丈な黄牛になっていました。食べて寝て働く以外は、何も考えなくなっていました。幼い頃のことは全部忘れてしまいました。そんな中でも新しい喜びもありました。

それはチョムベギが産んだ二頭の子牛を眺める喜びでした。チョムベギも今は鼻輪をつけた頑丈な牝牛になって田んぼ仕事をしていましたが、少し前に子牛を二頭産んで連れ歩いていています。それがウンマの種だというのは、誰よりもウンマがよく知っていました。田起こしをしながらもウンマが目を離さないのは、遠くの田んぼで駆け回っている二頭の子牛です。その二頭の子牛を見る喜びは、どんなに力のいる仕事でも平ちゃらと感じさせてくれるのでした。それだけに心配もありました。あの子たちだけでも私らよりは少しはマシに、自由に暮らせるようにしてやれないだろうか？　でも、それは単なる気がかりにすぎず、これと言った方法は思いつきませんでした。

自分も結局、母牛のように「人々のご機嫌を損なうようなことをしてはいけないよ。言うことをよく聞かなくちゃ、自分が困ることになるんだよ」という言葉しか言ってやれることはなさそうで、もどかしく思われました。

ところでパットリ家の事情は、ウンマがそんなことを心配している程の余裕がありませんでした。ソウルの大学に通うパットリ家の長男の学費のためにウンマを牛屋に売ることにしたのです。ある朝、ウンマはいつもと違う、よく整えられた朝の食事をしました。パットリ家の家族は悲しそうな顔で入れ替わり牛舎に入ってきてはウンマの背中を撫でたり、顔をさすったりしました。末っ子のパットリは牛屋がトラックに乗って来るまでずっと牛舎の中にいました。ウンマは訳もわからないままトラックに乗り、ファンチョン村を去りました。走る車の上からウンマは野原を駆け回っているチョムベギの子牛を見ました。するとその時、自分が永遠にファンチョン村を去っていくのだという事実に思い至りました。車から飛び降りたかったのですが、疾走する車の上では立っているだけでも大変でした。せいぜい長い鳴き声でチョムベギと子牛たちを呼んでみるだけでした。それすら聞こえなかったのか、何の反応もありませんでした。

「腹が空いたろ？　さあ、たらふく食え」

何日食べなかったのか、これ以上は体を支えていられなくなった時、目の赤い男がまぐさをウンマの前に持ってきてくれました。あまりにも空腹で、ファンチョン村のこともチョムベギのことも考えられませんでした。

ひたすら何か、ちょっと食べられたらと思うばかりでした。そんな時、まぐさを持ってきてくれた男は神様のようにありがたかったのです。ウンマは鼻でしきりにほじくって夢中で食べました。パットリ家で食べたのとは味が全く違うし、舌がひりひりするまぐさでしたが、腹の中では好き嫌いせずに口に入れて送ってくれと矢の催促でした。瞬く間に食べてしまうや、男は水桶の脇にウンマを連れて行きました。果たして非常に喉の渇きを覚えさせるまぐさでした。ウンマは腹が裂けるほど水を飲みました。しばらくすると、何人かの荒くれ男が手に棍棒を持ってウンマを取り囲みました。恐怖におののいたウンマが避ける暇もなく、ウンマの体に男たちの棍棒が振り下ろされ始めました。

「お前の運命も可哀そうだが、俺たちも金を稼がなくちゃならないんだ」

「こうしてこそ、水が隅々まで染み渡るのさ」

男たちはくすくすと笑いながら、ウンマの悲鳴には関係なく殴り続けました。

男たちが立ち去るや、ウンマは気を失い倒れてしまいました。全身が真っ青に腫れて普段の倍ほどの大きさに見えました。

次の日、アザができて膨れ上がって開いたか開いていないのか分からないウンマの目に、鉄のロープがガチャガチャと上下して血の臭いがする屠殺場内の風景が映りました。ウンマは静かに目を閉じてしまいました。もうもがく力もありませんでした。ただ低く、「人様のご機嫌を損なうようなこと、したことないのに」と呟いただけです。閉じた目にはフアンチョン村の野原で駆け回って遊ぶ子牛たちが懐かしくちらつきました。しかしそれもしばし、額からガツンと音がするのと同時に懐かしい風景も消えてしまいました。しばらくしてウンマの体もバラバラにされてしまいました。

何日か後、ある飲食店でプルコギを食べていた一人が不平を言いました。

「どうして、こんなに肉が硬いの？」

（一九七〇年）

# 天日と埃の遊び場

薄暗い松林の角を曲がると、汽車は汽笛をひときわ高く鳴らした。初夏の明るい真昼でもまるで脅すかのように暗く密生した松林を、汽車は早く通過したがっているようだった。しばらく見ていたら、私もまた悲鳴をあげたくなるほど、林は陰惨としていて無表情だった。

林を過ぎるや、車窓から私の目的地が遠くのほうに見下ろせた。その村は初夏の強烈な日差しの中で今溶けていくようだ。何らの抵抗もせず、ひたすら無気力に日差しの中で自らを溶かしているようだった。

さっき通り過ぎた松林のあのぞっとするような無表情と車窓を通して今見下ろしているこの盆地の村の気怠さは、非常によく似ていた。そしてそれらは私がこの村に入って行くのを拒否しているかのようだった。

しばらくして汽車は私一人をその村の小さな駅に降ろして行ってしまった。私は白い煙を熱い空へと上げながら走る汽車を、遠くの山裾の角を曲がってしまうまで駅の構内に立って見ていた。どうも降りたのは間違いだったようだ。いっそのこと、あの汽車で終点まで行ったほうが良かったのではないか。今、私に必要なのはむしろ、繁雑な都市の中にそっと入っていってゆらゆら、ぶらぶらしていることではなかろうか。この無気力な小さな田舎の村は、私には何の用もないようだった。山の向こうから上る汽車の雲のような白い煙をぼんやり眺めながら立っていた私の背中を、誰かがぽんと叩いた。

「ここで何をされてるんですか」

駅員だった。背が低くて帽子の下の眼が光る男だった。

「あ、汽車を……汽車を見てました。間違って降りたみたいで」

「どこに行かれるんですか」

「雲城《ウンソン》……」

「それでしたら、間違ってませんよ」

私の話がまだ終わってもいないのに、駅員はそう言いながら構内に立っている、駅名を知らせる白い表示板を指した。

「もちろん、ここが雲城という村であるのは分かってましたが……」

だが、この黒い顔の男に私の心情を詳しく説明したくはなかった。

「お客さんが出てこられるのをいくら待っても出てこられないので、切符を受け取りに来たのです。出られますか」

駅員は手で改札口のほうを指しながら、顔つきとは反対に礼儀正しく私に言った。

「切符はお持ちでしょうね？」

駅員が尋ねた。

「はい、実はソウル駅でどこに行こうかと迷ってたんですが、雲城という名前に惹かれて切符を買ってしまいました」

私はポケットから切符を取り出して渡しながら言った。駅員は不審そうな目つきで私を眺めながら切符を受け取った。

「職場で、何日間か休暇をもらいました。だけど、やることがありませんとね。静かなところに旅行でもしたかったんです。私は夏の真昼の入道雲が好きなんですよ」

私は空を見上げた。雲はなかった。

「結構な御身分ですね」

駅員は特に皮肉るようでもない語調で言った。

「雲なら多いですよ。雨が降りそうなときですがね」

駅員が言った。私たちは改札口まで歩いていった。

「いつお帰りになるご予定ですか」

駅員が挨拶代わりに尋ねてきた。

「来たついでに一晩、ここで過ごすことにしました。見たところ、特にこれといった見所はないようですね」

「近くに名所は何か所かありますよ」

「古いお寺のようなものをおっしゃってるんですね」

「はい、お寺もあるし……」

「お寺のようなのは虫唾《むしず》が走ります。人々の顔でも見物しましょう。私は骨相学を専攻したんですよ」

私は冗談を言って駅員と別れた。

駅前の広場から真っすぐに伸びるアスファルトの道が出ていた。いくら見回しても、アスファルトの道はその一本だけだった。私はその道を歩くことにした。もう少し奥地へ行くらしいバスが一台、駅前広場で客を集めているのが見える。アイス・キャンデー売りが三、四人、バスの周りをうろうろしていた。その中の一人の子が私を見つけ、アイス・キャンデーのボックスを肩にかけて走り寄ってきた。

「アイス・キャンデーを買ってください。甘くて冷たいです」

私は首を振った。子どもはそれ以上せがまなかった。ただ、周りには私と彼しかいないのに、

「甘くて冷たいアイス・キャンデー……」

と、大きな声を出した。

左右を確かめながら、私はゆっくり歩いて行った。この小さく寂しいだけの村に比して豪華で騒がしい商店がいくつか目に入った。道を行くと、人々は歩みを止めて私を長い間見つめていた。この小さく薄汚くて墓の中のような村で私は独りだ、ということを痛切に感じた。完全に見知らぬ、異様に目だけ光る黒い顔が私を独りにした。

アスファルトの道の行き止まりまで行った。

そこからは石ころのでこぼこ道だった。私はもう少し進むことにした。まだ探そうとはしていなかったが、旅館はどこにでもあるだろう。土の道の左右に軒の低い藁ぶきの家が並んでいた。土の道も遂に終わり、行き止まりの所に一抱えに余る古木が何本か立っていた。道の行き止まりでもあるが、この小さな村の端でもあった。そこからは稲が育つ田んぼが始まっていた。振り返ってみると、遠く、さっき汽車が汽笛を鳴らして通り過ぎた松林が陰鬱な顔で、この村を見下ろしていた。私は来た道を戻っていった。見るべきものは何もなかった。豊かなのは天日だけ、何もかも、落ちぶれるだけ落ちぶれているのだった。見物するような所ではなかった。私は宿を決めるため、再び駅舎の前に歩いて行った。

私は目を開けた。しばらく自分がどこにいるのか分からなかった。没趣味の壁紙、その上に居座る南京虫の血の跡、旅館の部屋特有の生臭い臭いが眠りから覚めた私に飛びかかってきた。誰かが私の部屋の戸を揺すぶっているのだった。

「お客さん、お客さん、お客さん……」

ああ、私の部屋の戸を揺すぶりながら私を呼ぶ声のせいで、私は眠りから覚めたのだった。私は戸を開けた。まだ真昼間。強烈な天日が私の目を閉じさせた。

「これは、これは、やっと目を覚まされたんですね。しばらく呼んだんですが、何と、お客さん、お昼寝……」

旅館の主の爺様の声だった。

「何でしょうか」

私はまだ閉じたままの両目を片手で覆ったまま尋ねた。

「お客さんがいらっしゃいましたよ」

「私に、ですか」

「はい」

私は手を下ろして目を開けた。天日を背にした男が主の爺様の脇に立って私を見下ろしていた。二十五、六歳位に見える目鼻立ちの良い顔だった。服装は長いこと着ているのか、すっかり古びた予備役の服だった。その青年は妙に私をあざ笑うような、または怒っているようなまなざしで射るように見ているのだった。彼は警察かも知れないという考えが閃き、私は直ちに壁にかけておいた上着の内ポケットの身分証明書を思い出した。

「何か、御用でしょうか」

彼に尋ねた。

「貴君は今日、汽車から降りたんですか」

彼は天日と汗のためにしわがれたような声を出した。

「そうですが……」

「ちょっと尋ねたいことがあるんですが」

「お入り下さい」

「フロアに出て下さい」

私は不快だった。しかし、ここで私は完全によそ者、よそ者は原住民の意見を尊重しなければならない。私はフロアに出ていった。青年が主の爺様を追い出した。

「警察でいらっしゃいますか」

私が尋ねた。

「そんなことは、どうでも良い。聞かれたことに答えなさい」

彼の声は少し震えていた。その震える声は私に彼が純真な青年という印象を与えた。

「近頃、どんな世の中だと思ってるんですか。そちらが誰かも知らないのに、答えろってんですか」

私が皮肉った。

「この野郎！」

彼はぱっと立ち上がり、拳を握りしめながら低い声で叫んだ。

「お前が何しにここに来たか、全部知ってるんだよ。聞かれたら、聞かれたことにだけ答えろ。お前はいつ帰るんだ？」

「明日、帰る予定だけど……、何か、誤解されてるようですが……」

「誤解？　じゃあ、お前はミスギをどうするつもりなんだ？　さあ、話してみろよ」

話が進むほどに分からなくなった。

「ミスギ？」

「ああ、そうだ。お前、ミスギに指一本だけでも触れたいって、ここにやって来たのか」

「ため口は止めましょうよ。順々に話して下さい。私はここに初めて来た者です。ミスギという人は全く知りません。人違いじゃありませんか」

彼はしばし当惑した表情だった。だが再び険悪な表情で言った。

「とぼけるな。お前がここに初めて来たのは知っている。じゃあ、ミスギがソウルにいた頃、ミスギを殺すぞって、ナイフを懐に入れてうろついていたのは、じゃあ、お前じゃないって言うのか」

私は呆れてしまった。ミスギ？　どう考えても、私には聞いたことのない名前だった。

「どうも何か、誤解があるようですね。私はミスギという女性を知りません。偶然地名が気に入って、ここに旅行に来ただけです。来てみたら、どうってこともないので、車さえあれば今日にでも出て行きたいところです。私はこれ以上、話すことはありません。あなたには何か事情があるようですが、私に話してくれませんか」

私は彼が聞き取れるように誠意を込め、声を低めて言った。彼は長い間、私を疑うように見下ろしながら立っていた。すると、ようやく何かを理解したのか、口許に微笑を浮かべて言った。

「私の人違いだったようです。すまないことをしました」

そして何の説明もせずに外に出て行ってしまった。

彼が行ってしまった後もしばらくの間、私は奇妙な事件に引きずり込まれたという感覚を消すことができなかった。私は主の爺様を呼んだ。

「もしかして、さっきの人を知っていますか」

「私の友人の息子ですが、本当におとなしい人ですよ。軍隊を除隊してからまだ何か月も経っていませんが、お客さんとはよく知った間柄ですか」

「私は初めて会いました。あの人は何をしている人なんですか」

「自分の家で農業をやっていますが……どんな話をしたんですか」

「何も話しませんでした」

私はあの青年が私に言ったことを、本当に一つも理解できなかった。

ところが一時間ほどたって、私は再び奇妙なことを経験した。主の爺様と将棋を指しているいると、一人の女性が私を訪ねて来たのだった。

「今日、汽車を降りられたお客さんがこちらにいらっしゃるでしょ?」

女は主の爺様に尋ねていた。私は何の根拠もなかったが、ふと、あれがミスギという女だな、と思った。

「私ですが」

私が言った。

「あっ!」

女はちょっと驚いた仕草をして見せた。しかし、その仕草が作ったものだということは透けて見えた。青い縞模様のワンピースを着ていたからか、こんな田舎とは似つかわしくないように見えた。化粧をしていない顔は丸みを帯びて目鼻立ちが整い、均整が取れていた。だが、この地の人と同じく黒い顔だった。

「あなたがミスギさん？」

「はい」

彼女は静かに私のほうを見ながら言った。

「ちょっとお話がありまして……」

いつの間にか、主の爺様は席を外していた。

「こちらにおかけください」

その女は必要以上に私の脇にぴったりくっついて座った。

「初対面なのに申し訳ありませんが、私のお願いを一つ、聞き入れて下されば、そのご恩はどうやってでもお返しいたします」

女は非常に奇怪なことを言い出すのだった。

「お手伝いできる頼み事なら……ところで一体、どうやって私を……」

「先ほど、先生が駅で降りて来られるのを見ました。そしてなぜか、あの方にお願いしても大丈夫だろうと思ったんです」

「どんな頼みでしょう」

私はただただ独りであるだけだ、この貧しい地方の埃と天日だけの道を歩いていたときに思ったことを思い出した。

「私はここの村の喫茶店で働いています。ところが、私を追いかけ回す人がいるんです。自分と結婚してくれなければ、私を殺してしまうと脅迫して、いつだったかは胸にナイフを突きつけられたりしたんです」

「さっき私を訪ねて来た人ですか」

「はい、その人です。その人にちょっとだけお芝居をしてもらえませんか」

「芝居を？　どうして？」

「私のために一回だけ、お力をお貸し下さい。こうして、お願いいたします」

その女は本当に芝居のように、拝むように両手を合わせて私をじっと見上げた。日に焼けて真っ黒な顔の上で瞳が異常なまでに哀れで寂しげな光を発していた。

「どんな芝居ですか」

「簡単なことです。私と腕を組んで道をちょっとだけ歩いて下されば、結構です。そしてあの男が先生を再び訪ねて来たら、ミスギは僕の恋人だと一言おっしゃって下されば、それで良いのです」

私はふと、この女は狂ってるんじゃないかと思った。

「それで、あなたにどんな得があるんですか」

「そうすれば、あの男は見た目と違って気は弱いから、二度と私に結婚してくれということはないでしょう」

「それが目的ですか」

「はい」

主の爺様と将棋を指しているよりは面白そうだった。

「やりましょう」

席を立ちながら私が言った。

私たちは腕を組んで通りに出た。

その女は、私が本当に久しぶりに会った恋人でもあるかのように、ぴったりと腕を組んできた。やたらに汗が噴き出して、素肌に触れているのがひどく不快だった。

「いつまで、こうしてるんですか」

私はゆっくり歩きながら低い声で言った。

「通りのあの端まで行って、また戻ってくれば結構です。どこかであの人が見てるはずです」

「私のほうがむしろ感謝しなくちゃなりません」

「どうしてですか」

「初めて来たところで、すぐに女性と腕組みできるんですから、運のよい男だと思います」

「ごめんなさい、先生」

私たちはアスファルトの道の端まで行って再び戻ってきた。私はその女が働いているという路地裏の喫茶店まで女を送っていき、芝居をしてあげたお礼にお茶を一杯ご馳走になって出てきた。

その日の夜、私は三人の青年に襲撃された。その中の一人は、昼間訪ねてきた青年だった。彼らは私を引きずって野原に出た。そこで私は目が膨れ上がり、唇が切れ、鼻血が私のシャツを濡らすまで叩きのめされた。殴られている間、私は特に腹立たしくはなかった。ただ、あの女が私に言ったことが本当であることだけを願っていた。

次の日、汽車に乗る前に私はあの喫茶店に行ってみた。

「すみません、先生」

女は殴られて腫れあがった私の顔を見ながら、しかし言葉とは裏腹に、にこにこ笑いながら言った。

「これからお発ちになるんですか」

女は私の旅行鞄を指さして言った。

「芝居は効果がありましたか」

「効果ですか？　かえって一層困ったことになりました」

「もう一度、腕を組んで歩いてみましょうか」

私が言った。女は静かに笑っているだけだった。そして、椅子から立ち上がって言った。

「ここは恐ろしく退屈な所です。先生、汽車の時間になりました。急いで駅に行ってください」

私も席から立ち上がった。そして、手を差し出した。予想とは違い、女は素直に私の手を握った。

「元気で」

「さようなら、先生。ありがとうございました」

汽車に乗りこんでから出発するまで私は村を見下ろしていた。〈先生、ここは恐ろしく退屈な所です〉私は腫れあがった上瞼を撫でてみた。微笑でも浮かべたかった。天日は昨日と同様に村を溶かしてしまうように照りつけていた。汽車から見下ろしていると、あの村には人が一人も住んでいるようには見えなかった。ただただ、天日と埃の遊び場のようだった。天日と埃の遊び場！


（一九七〇年）

# D・π・9記者のある日

ジュンまたはD・π・9

両親が彼につけた名前は「ジュン」である。東亜日報社会部記者の彼に会社がつけた名前、つまりコードネームはD・π・9、一九九〇年生まれ、今年三十歳。妻と四歳の娘とともに、冠岳第九九団地の四十坪のマンションで暮らしている。

生まれてくる子ども

ジュンは彼の自家用車GUIYOMI19でどこへでも出かける。どこを走っているのかは彼自身もわからない。だからといって不安に感じることは全くない。結局、地球上のどこかだろう。

グィヨムドゥンイ（「可愛い子」の意）という言葉から名づけられた、この国産小型電気自動車GUIYOMI19はレーダーのコンピュータ制御で操縦されるので、運転中のジュンは何日か前にオープンした太平洋海底動物園の観光案内パンフでも眺めていれば良い。今週末に妻と娘を連れて見物に行かなくちゃと思ったとき、車に設置されているテレビ電話が鳴った。受話器を取ると、スクリーンに社会部長の怒気を帯びた顔が現れた。

「D・π・9、何をしてるんだ？　犯人が逮捕されたのを知らんのか」

「はあ？　逮捕されたんですか」

「間抜け面してる場合じゃないぞ！」

そのとき、スクリーンから部長の姿がさっと消えてしまい、受話器からは何の音もしなくなった。

同時に、今まで調子よく走っていたGUIYOMI19が急にスピードを落とし、栗の木とマロニエをかけあわせた街路樹に衝突して止まった。熟した栗がばらばらと落ちてくる。車の計器盤を見るとおかしなことに一つもランプが点いていない。燃料電池を入れ替えたのがわずか何時間か前だから、電池が切れたとは思えない。窓越しに街の風景を見て、ジュンの顔から突然血の気が引いた。街路樹に衝突したのはジュンの車だけではなかった。すべての車が大体そんな風に止まっていた。街路樹の下に立っている、どこかで見たような男がジュンに大声で言った。

「気流ですよ。気流が襲ってきたんですよ」

「気流ですって？」

ジュンが震えながら尋ねた。

「吸電気流ですよ」

あっ！　ようやく悟って、ジュンは空を見る。空はだんだん暗くなっている。スポンジが水を吸い取るように、電気を吸収してしまうという吸電気流の存在は、どこの誰からも予言されたことはない。だが、街路樹の下の男が言った途端、ジュンも以心伝心で、そうした気流がいつかは地球を覆うだろうというのを知っていたことになる。

「どうしたら良いんでしょう？」

叫びながらジュンが振り向くと、街路樹もあの男も真っ暗闇に包まれて見えない。思わず、ジュンは悲鳴をあげる。

「ああ、うちの子！」

〝神様の家〟で育っている赤ん坊を思い出したのだ。一か月前、ジュンと妻は二人目の子を持つことに合意して〝神様の家〟に行った。

彼ら夫妻は韓国人口問題研究院から今年中に二人目の子どもを持ってもいいと許可されていたのだ。〝神様の家〟で医者が所定の診察をした後、ジュンの精子と妻の卵子を取り出し、ジュンたち夫婦はもちろん、彼ら夫妻が指定した牧師と弁護士が立ち会う中で、精子と卵子を結合させて人工子宮の中に入れた。そして、人工子宮のふたの指定された場所に彼と妻と牧師と弁護士は指紋を押捺した。指紋は摩滅しないように特殊な薬品でコーティングされ、十か月後赤ん坊が生まれてくる直前に彼らは再び集まって各自の指紋を確認しながら、その人工子宮から取り出される赤ん坊がジュン夫妻の子どもであると認定されるのだ。

なのに、吸電気流だって！〝神様の家〟は人間の誕生を担う特殊機関だから、もちろんどういう事態にも対応できる電力源を確保している。だが、地上の電気すべてを吸収してしまうという気流に対する方策は準備されていないに違いない。だとしたら電力で栄養が供給され、保護されて進化の過程を経ている人工子宮内の子どもはどうなるんだ！ジュンはぶるぶる震えながら車を降りる。

〝神様の家〟の方向へと彼は闇に包まれた道を走ろうとする。彼はありったけの力を振り絞って走ろうとする。だが、足は同じ所で上がったり下がったりするだけで一歩も進めない。ジュンはもどかしくて喉が詰まる。

うちの子、うちの子。そのとき、真っ暗な道の向こうから一塊の明るい光が猛スピードでジュンに向かって走ってくる。近づくにつれ、その光は可愛い男の子の姿に変わる。その子がジュンの前で止まると、「パパ」と呼ぶ。そして、

「今、〝神様の家〟から来たところです。パパ、僕を知らないの？」

ジュンはうろたえる。

「僕の子は一か月……まだ魚のはずだが」

「違うよ、パパ。パパ、僕だよ、僕……」

ジュンは目が覚めた。彼の四歳の娘のドリが、ジュンの足を布団の外へと引っぱりながら「パパ、パパ」と呼んでいる。まったく奇妙な夢を見たものだ、吸電気流とは！　でも、ジュンはまだあの夢の中の不安に包まれていた。

「パパ、早く起きて。おばあちゃんが、おばあちゃんが……」

「おばあちゃんが、いらしたんだな?」

「違うの、大統領とお話してるの。早く、早く！」

息を弾ませながら言ってドリは、栄養過多でカバの子のように丸々とした体を揺さぶりながらリビングに走っていく。

大統領と朝食を
「大統領と朝食を」というテレビの朝七時のレギュラー番組でジュンの母親の尹女史が大統領と並んで座り、朝食を食べながら話をしている。
この番組は視聴者の中から毎朝一人を大統領が朝食に招いて談笑するという内容である。招待の栄光に浴した人はまず大統領に、今日の公式的な政務が何々であり、どのように処理するつもりなのかを尋ね、次にふだんから大統領に会ったら聞いてみたいと思っていた話を切り出すのだ。

この番組だけは全国すべてのテレビ放送局が同時に放映する。それほどの人気番組なのだ。だが、この番組に対して一部で非難がないわけではない。例えば、招待者の質問に答えるという形式で大統領が国民にその日の主な政務を教えるのは、一見すると国民に対して大統領がとても気遣いがあり、責任感があるような印象を与える。だが実は、ここで公開される主な政務というのは公開しても構わない程度の大した仕事ではないのに、それでも国民に大統領の計画と予定をまるで実行後と思い違いさせる効果を発揮するからだ。そのため、この番組は国民を国政に対して安心させ、無関心にさせようという意図で企画されたのではないかという非難である。もう一つの非難は、この番組を通じて国民が大統領に対して感じる親しみのため、任期中の功過を問われることなく、現大統領が次の選挙でも当選する可能性が高いというものだ。

こうした非難の大部分は八十歳以上の高年層の口から出てくるのだが、彼らは文字文化時代のいわゆる政治的思考方式を未だに清算できずにいる。彼らの慢性病である政治的ノイローゼは大体理解できるが、実は決して彼らが心配するようなものではない。錠剤一粒で彼らのノイローゼはすぐに治るだろうが、妙なことに彼らは現代の薬品に対して否定的だ。細菌に対抗する薬だけを薬とみなし、観念や習慣に作用する薬は薬として見ようとはしないのだ。昔は青少年問題が社会の頭痛の種だったが、現代の老人問題ほどではなかっただろう。

尹女史は泣いてしまう

テレビでジュンの母親の尹女史と大統領は、最近の連続殺人事件を話題にしている。その事件はジュンが取材を担当しているのだが、彼はふとさっきの夢を思い出して不安になる。犯人は本当に逮捕されたのか、僕一人だけ知らないでいるんじゃないか。

「警察がまだ犯人を捕まえられない理由は何でしょうか。犯人の身元もまともに推定できていないなんてお話になりません、閣下」

尹女史はいかにも憤った態度で大統領を問い詰める。

「ベーコンが冷めます、ご婦人」

大統領は自分で尹女史の皿に人造ベーコンを切り分けてやり、

「ですがご婦人、ご婦人も実は、犯人が最後まで捕まらないことを望んでいらっしゃるんじゃないですか」

「では、閣下におかれましても?」

「もちろんです。私もやはり……」

「まあ、これは何と！」

尹女史はうれしさをこらえきれないように、大統領の肩を抱きしめた。

「私たち、気持ちが通じる間柄なんですね」

ジュンはどうしても夢が心に引っかかり、それ以上テレビを見ていられない。彼はリビングの隅の電話室に行って合同取材班のT・π・6の家に電話する。スクリーンにT・π・6がフォークを片手に持ったまま現れる。

「何か情報はないか。犯人が逮捕された、とか……」

ジュンが尋ねた。

「逮捕されたのか」

T・π・6はぎくりとした表情になる。

「いや、訊いているんだよ」

「おい、おい、俺はまた……、それを訊くために電話したのか」

「ごめん、食事中に。じゃあ、また後で」

電話を切ってからも安心できず、ジュンは勇気を出して部長の家に電話する。

「何だって？　そんなこと、俺に訊いてどうする？　取材担当は君じゃないのか！」

「実は、夢に……」

「夢?」

「部長が、犯人が逮捕されたと言ったので……」

「わっはっは。ちょっと、君、出勤する前に病院に寄れよ。最近、疲れているようだな?夢とは……おい、必ず病院に行けよ!」

「はい」

彼はやっと安心してテレビの前に戻る。

「ですが、閣下、私たち、こんな風にのんびりした話をしていてもよろしいんでしょうか」

尹女史が尋ねる。

「もちろん、いけません。これから百年は十分楽しく暮らせる人が、三人も殺されたんですからね」

「それも、女性ばかりなんですから。最近、私も殺されるんじゃないかという不安で、安定剤を三錠も飲まないと気分が晴れないんですの」

「副作用のない安定剤の発明は、確かにわが先輩たちが成し遂げた偉大な功績の一つです。しかしながらご婦人、殺された女性は全員二十代の花のような……」

「何ですって? それじゃ、私がお婆さんだっておっしゃるんですか」

「こりゃ、しまった、そういう意味にも取れますね」

実際、尹女史はまだ五十五歳でしかなく、さらに細胞再生の美容法で十九歳の乙女と見まがうほどなのだ。

大統領と尹女史の対話はもう少し続く。ついに、大統領が結論を言う。

「犯人と警察をそれぞれ人間と機械に想定し、犯人が最後まで捕まらないことを望む前世紀的心理が、特に老人の間に相当広がっているものと思われます。しかし、前世紀でも殺人者に対しては誰も同情しなかったことを想起してください。罪人に対して寛大なのは、むしろ今世紀の我々です。ご存知の通り、前世紀の殺人者は死刑台に行かなければなりませんでしたが、今日の殺人者はただ脳移植手術を受けるだけです。亡くなられた立派な方々の脳を殺人者たちがもつことで一朝にして立派な人に変身するということは、私個人の考えでは、我々が殺人者に対して寛大さの度を超えて、あまりにも不合理なことをしているというものです。未来の我々の子孫たちは、我々を嘲笑するでしょう。善い行ないをしたものに賞をあげながら脳をあげず、どうして犯罪者に脳をあげたのか、という話です。それはともかく、我々の殺人者に対する処理方式はこのように寛大なものです。ですから、犯人は一日も早く自首すべきであり、人々はわが優秀な警察も捕まえられないでいる犯人の天才的な逃避手法に、彼の知能に感嘆すべきではなく、犯人を一日も早く逮捕するように警察に協力すべきです。ところでご婦人、犯人がもしかしたら今、この番組を見ているとすれば、ご婦人は犯人にどんな忠告をなさりたいですか?」

「忠告ですって?」

と真面目な表情で、尹女史はしばらく躊躇っていたが、

「もし犯人が私の子どもならば……私の子どもなら……ああ、何と言ってやったらいいか、わかりません」

尹女史は涙にぬれた顔を急いでナプキンで覆う。この番組はここで終わる。

「とてもいい話題でしたね」

姑が出るこの番組を録画しておくために、ビデオのリモコンをもっていたジュンの妻がスイッチを切って言う。

「でも、犯人に忠告する言葉がないなんて、お母さまは一体どうなさったのかしら」

「そうだよな。早く自首して、脳移植手術を受けろと言わなくちゃ」

ジュンも同感だ。母はどうしたんだろう。

朝食の時間に
一階の食料品店から配達された真空タイプの食事セットの自分の分を受け取り、プラス

チック製の包装を破りとる。まずオレンジジュースを飲みながらジュンは妻に自分が見た夢の話をする。妻はひどく心配そうな顔でジュンに、薬を飲まなければならないと言う。薬というのは安定剤の一種である〈オプティミ〉のことだが、新聞記者は休日ではない日にはその薬を服用しないと新聞社に誓約している。新聞記者には適度の緊張が必須条件だからだ。

「でも、悪夢を見るくらいだから、社でも目をつぶってくれるでしょう」

「それよりも君、今日ちょっと時間を作って〝神様の家〟に寄ってみてくれないか。吸電気流なんかを信じてるということじゃなく、万一何か事故でも……」

「事故が起きたとしても、私たちの子だけが被害にあうわけじゃないわね?」

「そりゃ、そうだけど……」

「夢を信じるなんて、あなた、絶対過敏症よ。子どもは九か月後に間違いなく生まれてくるわ。子どもよりあなたのほうが心配よ」

「クリニックに寄るよ」

「そうしてよ。あっ、それとね、私の研究結果が今日、コンピュータセンターに入力されるって、覚えてる?」

「ああ、そうだったね。夕食には一杯やらなくちゃ。どこに行こうか? どこに行きたい？」

「福州はいつ行っても楽しいところだわ」

「そうだね、飛行機の予約は僕がする」

ジュンの妻は繊維学者で学術院の会員だ。妻は最近、多目的エアークロス（これは一種の液体繊維で、空気中で固体に変わるが、真空の噴霧器に入れて体に直接撒布すれば下着になる。そして特殊な石鹸を使えば洗い流されてしまう）に関する研究論文を学術院に提出したのだが、それが評価されてコンピュータセンターに入力されることになったのだ。入力されるということは、その研究以上の完璧な研究はこれ以上不可能だということを意味しており、その研究者は学術院が与える最高額の報酬をもらって生涯、金銭の心配から解放されるということを意味する。祝わざるを得ないことである。

殺人事件

D・π・9は取材用無線電話機を担ぎ、ファックス（家庭用新聞受像機）から競争紙の社会面の何ページかを破ってぐるぐる丸めたものを掴んで家を出る。一番下の階にあるクリニックに寄り、看護師の助けを借りて自動診察機で健康状態を調べてもらう。心電、脳波等々に特に異常がないというカードを自動診察機は吐き出す。

「大丈夫ですね」

七十五歳の看護師はカードをのぞき見てから、

「どんな夢を見たんですって？」

D・π・9は夢の話を大雑把にする。看護師は熱心に聞いてから、

「私たちが若かった頃は、子どもの夢を見れば、よくないことが起こると言ったけど……でも近ごろじゃ、悪いことがあるって言ったって、大したことはないでしょ。心配はいりませんよ」

だが現代だからといって、悪いことがないわけではない。もちろん、職場からの解雇の類は悪いことにはならない。レーザー光線の取扱い免許も持っているから、いざとなったらスマトラに行って伐採の仕事だってできる。とはいえ、悪いことというものはあるさ。例えば……例えば……こうしてみると、看護師の言ったことは当たっているようだ。

〝そうだな、悪いことなんて特にないんだ。死ぬことを除けば。死、それはやっぱり悪いことだ。俺も死ぬんだろう〟

新聞社に向かって走るGUIYOMI119の中でD・π・9は家から持ってきた新聞を読む。トップの記事は新聞ごとにそれぞれだ。西海油田で爆発事故、金剛山《クムガンサン》ケーブルの老朽化問題、観光公社の不正事件、タンザニア駐在の韓国貿易館の職員の怠慢暴露、木浦《モッポ》―上海定

期貨物船の放射能汚染……しかし、いざ読んでみれば、大したことのない事件ばかりだ。警告臭の強い解説が記事より何十倍も長い。そんな中でも、連続殺人事件に対しては全紙が臨時の囲み欄を設けて犯人捜査の中間報告をしている。だが、その記事もやはり今のところ芳しくない。

その事件というのは、こうだ。先週の休日の金・土・日、三日間に毎日一人ずつ、三人の若い女性が殺害された。殺害の手法から見て犯人は同一人物であるのは明らかだった。殺された三人の女性には共通点が多かった。まず彼女たちが所属する研究所はそれぞれ違うが、すべて光速ロケット開発研究に没頭している優秀な若い学者だという点、第二に整形手術をした美人だという点、第三に独身主義者だという点、第四に独身主義者らしく男女関係に無節制だったという点、そして最後の共通点というのが、三人全員が超音波の銃撃で殺害されたということである。

さっきテレビで尹女史は大統領に警察が犯人の身元もまともに推定できていないのではないかと攻撃したが、実は警察が推定できないでいるわけではない。超音波を殺人道具に使ったなら、犯人は科学者であることは間違いないというのである。殺人道具になるほどの強力で精密な超音波発射機を所有しているのはまだ科学者だけだからだ。もう少し正確にいえば、犯人は科学者の中でもその三人の女性に学問的な嫉妬や競争意識を持っている女性科学者だろう。警察はそうした推定の下で、犯人割り出し作戦を展開していた。にもかかわらず、警察が大衆にこの事件の原因がある男の痴情関係から生じた怨恨のためだろうという印象を与えようと努めていて、新聞もやはりとりあえず警察のそうした推理を首肯するような態度を示している理由は、まるで前世紀の警察と新聞が大事の前の小事という意図で、政治家のスキャンダルを覆い隠したのと似ている。

不確かな推理で、大衆に科学者は殺人者だという印象を植えつけることは人類の進歩のために避けなければならない。もちろん、明白な証拠で犯人を逮捕したときには、それがたとえ科学者の中の科学者でも容赦なく、脳移植手術室に送ってしまうだろう。

アルファ博士

GUIYOMII9は第七漢江《ハンガン》橋を通過している。特殊ガラスでできた馬蹄形の蓋を被せたこの橋はそれこそガラスのトンネルだ。それだけではなく、車道と歩道を除外した残りの空間はあらゆる花木でうずめられ、冬も満開の花々で第七漢江橋は橋というより河の上にかけられた美しく巨大な植物園というのが近い表現だろう。D・π・9は自分が一日に少なくとも二回は橋を通過しなければならないことを幸運に思う。橋の下の河では釜山《プサン》―ソウル―平壌《ピョンヤン》―新義州《シニジュ》を三十分で駆け抜けるという地下真空鉄道の工事が真っ盛りだ。河の底を掘って巨大なパイプを埋めなければならないこの部分の工事が最も難所だという。

D・π・9は新聞社の社会部に立ち寄る。社会部の記者だけでも五百人、社会部が使う部屋は十五室だ。一方、巨大な編集局は外から記者たちが無線電話で送る音声記事を受け取って取捨選択し、文章に直して編集し、組版して印刷し、各家庭や支局のファクスに新聞を伝送するコンピュータでいっぱいになっている。社会部の朝の会議はほかの部に比べて伝統的に短時間で終わる。部長の「さあ、今日も頑張りましょう」の一言で会議は終わるのだ。特別事項や計画は部長が担当記者を呼んで話す。

「D・π・9！」

「はい」

会議が終わるや、部長がD・π・9を呼ぶ。

「アルファ博士から君に電話がきたんだ、さっき。家に電話したら、出勤したって言われて、こっちに電話したんだと。ちょっとしたらまたかけるって言うから、またかかってくるだろう。それはそうと、病院には行ってきた?」

「はい、特に異常はないそうです」

「ハハハハハ、犯人が夢で捕まったって?　ハハハハ、君、すぐに出納係に行かなくちゃ。特ダネを逃したら大変だぞ、ハハハハハ」

Ｄ・π・９も部長につられて大声で笑う。あんな夢を見るなんて、自分が考えても恥ずかしい。

「ところで、アルファ博士とは親しいのか。君に大物の友人がいるとは初めて知ったよ」

「この前の冬、スキーをしに親せきとスイスに行ったときに知り合いました。飛行機で並んで座ったので親しくなりました。スキーも上手でしたよ」

アルファ博士は実に韓国が生んだ大物だ。韓国の医学界で最初に成功した体外受精と人工子宮の実験で誕生した人間がまさにアルファ博士だ。実験の失敗に備えて精子と卵子を提供した男性と女性を医者は秘密にしたため、アルファ博士は結局父母なしにこの世に生まれてきたわけだ。その名がアルファであるのも人工子宮から誕生した最初の人間という意味で付けられたものだ。彼女は国家によって育てられ、自分を誕生させてくれた科学に感謝するかのように科学者になったのであり、その方面で早くから天才的才能を発揮した。まだ二十五歳になったばかりだが、この間彼女が月に設置した国際宇宙研究所と火星探検で成し遂げた功績は本当に全人類が誇るべきものだ。彼女は宇宙の中では怖いものなしの、それこそ宇宙の騎士である。彼女は芸術部門でも専門家を驚かせる才能を度々発揮してきている。自分より年下だがＤ・π・９はアルファ博士を尊敬しており、彼女の友人であることを光栄に思っていた。

そのとき、D・π・9に電話がかかってきた。電話機のスクリーンにアルファ博士の上半身が現れた。

「元気だった、アルファ？　久しぶり」

「お元気でした、ジュン？」

そう言うアルファ博士の声がひどく弱々しく震えていて、顔も蒼白に見えた。

「アルファ、そっちの電話機のクローズアップのスイッチを押して。顔が蒼白に見えるよ」

アルファ博士はD・π・9の要求に従う。スクリーンでアルファ博士の顔が徐々にクローズアップされる。クローズアップした顔を見ると、汗びっしょりでひどく苦しそうに見える。

「アルファ、どうしたの？　ひどく苦しそうだけど」

「ジュン」

アルファ博士はさっきより一層か細い声で話す。

「私、もう話すことができないの。私、今、死ぬところなの」

「アルファ、どうしたんだ？」

「ジュン、私が犯人なの。あなたにも言えなくて死ぬかも、と心配したんだけど……ジュン、朝のテレビ、見たんです。ジュンのお母さん、私も見たのよ」

部長の手が素早く録画装置のスイッチを押す。

「ジュン、ここに私の話、録音しておいたわ。ジュンに会えずに死ぬかも知れないって……ジュン、さようなら……」

「アルファ！　アルファ博士！」

しかしアルファ博士の目が力なく閉じると、続いて顔もスクリーンの下に落ちてしまう。

「おめでとう、Ｄ・π・９。静かに座ったままで特ダネをそっくりそのまま手にしたね。君の夢、すごいな」

部長がやけっぱちのような大声で言いながら、痛くて我慢できないほど強くＤ・π・９の背中を叩きつけた。

博士のメッセージ
……ジュン、私は今、死のうとしています。私はあなたをお兄さんと呼びたいと思います。あなたのお母さんを私の母と私が決めた以上、あなたは明らかに私の兄です。ジュン、今私は筋道立てて話せません。口から出てくるままに話しておくことにします。でも嘘はつきません。ジュン、ロケットに乗って太陽系を脱出しろと言われれば、私は少しもためらったりしないでしょう。しかし、殺人者として大衆の前に出る勇気はないんです。脳移植手術を受けて私ではない私になる勇気がないのです。ジュン、あの女性たちは私が殺しました。警察や新聞が主張するような痴情のもつれでは決してありません。

私は彼女たちを愛しました。でも女性として愛したのではなく、彼女たちの科学への情熱を愛しました。彼女たちはそれぞれ自分が光速ロケットの最初の設計者にならなくてはと研究に没頭しました。光速ロケット、それは私たちの世紀の偉大な課題に違いありません。ところでジュン、将来火星に行く機会があれば、そこで一人静かに暗い宇宙を眺めてくれるように願います。

私たちは一体どこに行きたかったというのか。私たちは何故地球を離れなければならないと信じているのだろう。私たちは何を使えば無限の宇宙の果てまで行けるのだろう！　私たちが獲得したいと願う最も速い速度というのは光速の何千倍、いやそれ以上の速度ではないか。そんな速度が出る飛行体は可能なのか。

ジュン、私は地球から最も遠いある星に向かっていくために地球に生まれたのだと信じてきました。死んだ女性たちもそう信じていました。でもジュン、私は火星で私たちが訪ねていくべき星を見つけました。それは地球でした。そしてそのとき、私はもう一つの発見をしました。光より速い数億倍、数千億倍、いや比較できないほどの速さをもった飛行体、それは霊魂なのです。人間の歴史の片隅でずっと信じられてきて、でも今世紀になってからは笑い種になり、私もまたなおざりにしてきた人間の霊魂、いや可死性の全生物の霊魂。万一、霊魂があのように速く飛べないというなら、どのようにして霊魂は暗黒の、死のあちら側に飛行しようとするのだろうか。私は人間たちが長い歳月をかけて証明しようと努力した霊魂という仮説を土台にして〈霊魂の速度〉に対する仮説を立てたのです。

そして私の仮説が真理であることを証明したかったのです。私は宇宙で最も速い飛行体は霊魂だという私の仮説に関する話を彼女たちにしました。すると彼女たちは光速ロケット開発の無意味さを悟って失望し、互いに私の仮説を証明できるようにしてほしいと求めました。私は彼女たちの求めを受け入れました。ジュン、彼女たちは幸せに死にました。私はそう断言できます。でも私は不幸になったのです。彼女たちの霊魂が科学上の新しい証明のために飛んで行ってしまった後、意外にも私を襲う恐怖、ああ恐怖。宇宙のどんな空間でも感じたことのない恐怖。私は泣いていました。そしてあなたのお母さんを見たのです。「犯人がもし私の子どもなら……」とおっしゃって後が続けられなくなったあなたのお母さんの涙、純粋な恐怖から流れる涙、言葉にできないもどかしい訴えの涙。私はその涙の意味するものを理解できました。人間を今日まで維持させてきたものは科学でも知識でもなく、殺人者の息子に訴える母の涙だったということを私は知りました。

母親たちの目から涙が止まる日がなかったという前世紀以前の子どもたちはひょっとし

たら全員殺人者だったでしょう。しかし笑わせる薬を毎日のように服用して笑ってばかり過ごす、涙を知らない私たちは何だというのでしょう？　ジュン、私のお兄さん！　あなたのお母さんは私が何をすべきかを教えてくださいました。お母さん、私のお母さん……。

その日の夜、ジュンは妻と娘とともに福州の華やかな娯楽場で最近発明されたゲームをする。ジュンが急に妻に尋ねる。

「そうだ、君、今日、〝神様の家〟に行ってきた？」

「いいえ、まあ、あなたも心配性ね。子どもは間違いなく生まれますよ。それよりあなた、病院に行ってみなくちゃね」

（一九七〇年）

# 水族館

土曜日である。午後三時になると、会社の中はがらんとする。がちゃがちゃ音のする鍵束を持った警備員がまだ退勤していない職員はいないか、各部屋をあちこち覗き込みながら回って歩く。全員退勤したのを確認した部屋は火の用心、窓の施錠のチェックをしてから出入り口を閉めてしまう。

「イ次長さんは何時頃、お帰りになりますか」

警備員が窓の戸締りをしながらキョンシクに尋ねる。

自分の席で夕刊を見ていたキョンシクは、

「ああ、みんな、退勤したんですか」

ようやく自分一人だということに気づいたように、キョンシクは机の上をざっと片づけて事務室を出た。読み切れなかった新聞は市内のどこかで一部買って終いまで読めば良い。電車の中だろうと喫茶店だろうと、あるいは映画館の休憩室だろうと、硬貨を渡し新聞を買って読むという行為は都市生活の密やかな楽しみの一つだ。まるで有名な喫茶店でコーヒーを飲むように、有名な画家の展覧会を見るように、有名な映画を鑑賞するように、有名百貨店を回りながらウインドーショッピングするように、有名な教授の特別講演を聞くように……。

小さな地方都市や農村で幼い時期を送り、二十代の青年になってから、例えば大学進学とか、就職とか、技術研修のためとか、要するに、社会人として自立するためソウルにやって来た青年たちには、徘徊癖が持病のように体に染みついた人が多い。キョンシクもそんな一人だった。

初めは、ソウルの地理に慣れるためバスにも乗らず、あの道、この道と歩き回った。ぎっしりと立ち並んだ商店も漏らさず見物しながら歩く。バス停の名前にも目を凝らし、高層ビルなら守衛に制止されるまでトイレにも入ってみたり、エレベーターに乗って上がったり下がったりもし、あの廊下、この廊下と歩き回り、ドアに付いた看板を見物する。新聞広告で見た有名な商品の製造会社でも発見しようものなら感動して、しばらく看板の前に立っているのだった。

そうした純真な好奇心の段階が過ぎると、孤独感に襲われて歩き回る時期がやってくる。

下宿の部屋の前まで戻ってくるが、すぐに鍵を取り出して錠を開け、そのまま部屋の中に入っていくのが何となく嫌になるのだ。部屋の中で待ち受けている真っ暗な闇、スイッチを押せば電気は点くだろうが、電気を点けたところで朝出かけるときにほったらかしにしておいた布団だけがみっともない姿で転がっているだろう。部屋に入ったら、我慢していた疲労感がいっぺんに押し寄せてきて指一本動かすのも面倒になるだろう。上着だけ脱ぎ捨てて布団の上に体を投げだすと、起きて電灯を消すのもおっくうになり、電灯を点けたまま眠りにつく。そうして明け方に目覚めると、明るい部屋の中には死のような静寂とさっき見た悪夢の残影のみ。その孤独感のために下宿の前でこっそり踵を返し、夜の街に引き返していく。できるだけ照明の明るい道へ、できるだけ人で混雑している道へ向かう。溢れんばかりの人でごった返す喫茶店を探していく。音楽に耳を傾けたり、隣席から聞こえてくる会話に聞き耳を立てたり、公衆電話の列に並んで待ち、いろんな友達に電話をかけては出て来いと誘ったり、突然予定になかった約束をしたりする。

明るい照明の下でみんな楽しくやっているのに、独りだけで話し相手もなく、あの路地、この路地とうろつき回っていると、胸にぽんと開いた穴から冷たい風が勢いよく吹き込んでくるのを実感する。

大体、こうした時期に友達の紹介で知り合った女の子とデートを始めるようになる。実は、それほど好きなタイプではないが、それでもいないよりはマシなので電話をかけるようになり、映画を一緒に見に行き、山登りにも一緒に出かけ、そうしているうちに、ある日下宿の部屋に一緒に行くようになって、布団の中にまで一緒に行くようになる。

そして、結婚式場にまで一緒に行くようになるケースもあるが、もっと好みのタイプの女の子が出現すれば、そちらに乗り換えたりもする。あるいは、二兎を追いかけて二人とも逃がしてしまい、再び独りになって、あちこちの飲み屋をのぞき回る輩に変質したりもする。孤独感に押し流されて始まった徘徊癖がいつしか中毒になり、愛する女性と家庭を持って安定した後も消えずに潜伏状態だったのが突然、あのとき、あの頃は良かったなという風に発作的にぶり返したりする。そんな日には妻や子どもが待っている家に向かって歩いていたのに、どこかの曲がり角でふっと踵を返し、人波がうねる繁華街へと向かうのだ。

そして再び直面する、あのお馴染みの孤独感。いつ見てもしっくりしない、よそよそしい巨大都市。職場の同僚との隙間で、そして家族の隙間で失くしてしまった自分の存在の塊を再発見することは、まるで傷口をつついて苦痛を確認してみる、一種の悪習のようなものだ。

キョンシクも、そんなボヘミアンの一人だ。今年三十五歳になった彼には、大学出の貞淑な妻と五歳と二歳の息子がいて、信用ある大企業の営業部次長という肩書もあったが、二十代初めの青年期についてしまった徘徊癖は治っていなかった。結婚直後、いわゆる新婚時代には間借りの一間で一日中夫だけを待っている妻を思い、職場が終わるや否やまっすぐ家に飛んで帰ったものだ。そして、妻を連れて街に出て外食もし、映画も見たりしている間に独りであちこち路地裏を徘徊するあの癖は消えたと思っていた。ところが、子どもが生まれて妻が子育てに没頭するようになると、いつからかこの徘徊癖がぶり返してしまったのだ。

土曜日。キョンシクは今日も、汝矣島《ヨイド》にある六三ビルに向かうことにした。土曜の午後の半日をあちこち覗いて回るに十分な大きさだ。あの中には水族館やら、アイマックス映画館やら、いろいろと見るに値する施設があるという話を聞いてはいたが、まだ一度も行ったことがなかった。実は、その施設を見に行くのではなく、その都会的な施設に疎外されている孤独な自分に会いに行くつもりだった。

巨大な水族館の中で美しく動いている魚たちを見物している観客の中で、キャッキャッと楽しそうにしているのがキョンシクの次男で、その子を抱いている女性が自分の妻で、妻の傍らに立って魚に熱中しているのが自分の長男であることに気づいたときも、そして今ちょうど、長男がキョンシクを見つけて「お父さん！　お父さんだ！　お母さん、お父さんだよ！」と嬉しそうに叫んだときも、キョンシクはまだ水族館の魚たちと自分の家族が一団になっているような幻覚から覚めていなかった。

「どうしたんだい？」

「あなたこそ、どうなさったの？　あなた、今日も遅くなられるようだったから、子どもたちに見せようかと思って」
そうつぶやく妻を見ていたキョンシクは、独身時代に灯りの消えた下宿の部屋の前で踵を返して真っすぐに訪ねて来たところがここだったのだと悟った。初めて感じるある安らぎが、まるで水紋のようになって全身を浸してくるのを感じた。

（一九七二年）

## 妻の体

結婚して三年が過ぎたというのに、私はまだ妻の裸の姿を見ることができずにいた。

結婚直後、いわゆる新婚のときに寝床で、

「ちょっと、見せてくれよ」

私がねだると妻は、

「気でも狂ったの」

仰天してパジャマの襟をぎゅっと合わせ、それでも安心できなくて布団で体をぐるぐる巻きにしてしまう。裸を見たがる私を、妻は完全に痴漢扱いした。そんな扱いをされると私のほうも内心気恥ずかしくなり、夫にさえ今も恥じらいを見せる妻が純潔の聖処女のようで尊敬の念すら覚えるのだった。そして、自分にはやはり痴漢の素質があるのかもしれないと恥ずかしく思った。

しかし結婚した友達の話を酒の席で盗み聞きしたところでは、結婚の初夜から、否、結婚前にすでに恋愛期間中から夫婦二人ともすっ裸になるのは言うまでもなく、煌々《こうこう》と電灯まで点けて夫婦の行為をするらしく、そうすると妻の裸は見たくなくても自然に見ることになってしまうようだった。友人たちの話では、甚だしくは家の中に他の家族がいないときは真っ裸で家中を動き回ってお茶もいれる、ご飯のおかずも作る、洗濯までする妻がいるらしく、ひょっとして隣家の人々の目に入るのではと、夫は急いで窓のカーテンというカーテンはすべて引いて回らなければならない場合もあるという。

そんな話を聞くと私は、

「そうさ、そうだよ。夫婦というものはそうでなくちゃ。お互い、包み隠さず、胸襟を開いて暮らさなきゃ。エデンの園が他にあるか。夫婦が恥じらいなく真っ裸で暮らせるなら、それがエデンの園なんだよ」

息せききって話しながらその美しい光景を想像し、その友達を羨むのだった。全くのところ、私の妻も一糸まとわぬ姿で家の中を動き回りお茶もいれてご飯も炊いて掃除もし、そうしてやはり真っ裸の私のところにやってきて膝に座ってくれたらどんなに良いだろう。

しかし、そんな空想はどこまでも空想にすぎなかった。妻が特別に恥ずかしがり屋ではなかったとしても間借りの身の上では、それは本当に空虚な絵空事でしかなかったのだ。扇風機の風さえ生ぬるく感じるほど暑い夏の日、浴室でちょっと水浴びしたくて下着姿で立ちあがる私に妻は、

「廊下で大家さんの家族に会ったらどうするの」

嫌がって、せめて半ズボンでもと必ずはかせるのだ。

「見られないようにそっと行ってくるから」

「だめよ。早くズボンをはいてよ」

「大家のご主人は僕たちの見ているところで服を脱いでパンツ姿で行ったり来たりしてるじゃないか。それなのに、どうして僕に……」

「だめよ。あの人たちは卑しい人たちなのよ。さあ、ズボンをはいて行ってください」

仕方なくズボンを引き上げている私に妻は静かに、

「ですから、早く自分の家をもたなくちゃなりません。裸でうろうろしても陰口をたたく人のいない……」

そうだ、自分の家がないせいだ。誰からも覗かれる心配のない我が家があれば、妻も裸でうろうろできるだろう。そう思いながら妻が寝床ですら決してパジャマを脱がないあの恥ずかしがりようは実は誰かに覗かれているように思える間借り暮らしからくる不安なのだと悟り、妻にとてもすまなく思った。

しかし結婚して二年が過ぎ、坪数は小さいもののシャワー、水洗トイレ、ガスレンジなど必要な設備は全てそろったマンションを〈マイホーム〉にした後も妻は依然として脱ぐことはなく、やはりパンツ姿の私を取り締まるのだった。

「カーテンを閉めればいいじゃないか。そうすれば、前の棟、後ろの棟の人にも見えないんだし……」

私が不平をもらすと妻は、ようやく壁を伝ったり椅子の足をつかんでよちよち歩きを始めたばかりの長男のほうを指さした。

「何だよ！　それじゃ、あの子のために僕に家の中でもズボンをはいてって言うの？」

「子どもを卑しい人間に育てたいんですか。これだけ小言を言われたら、習慣になってるはずなのに……」

そんな妻に、僕たち裸になって過ごそうよ、なんて、とても口に出せるものではなかった。ただマイホームができた後は、夫婦の営みのときにちょっとだけ裸になってくれるようになった。もちろん、部屋の明かりは全部消した真っ暗闇の中だったが。そして行為が終わると、どんなに、

「絶対電気をつけないから、ただこうして裸で寝ようよ」

と言っても、必ずあの憎きパジャマの上下を着込むのだった。

「君のうなじのほくろ、ホント、可愛いよ。そんなほくろ、体にいくつあるんだろ？　僕が数えてあげる」

こんなことを言っても、

「戦争のときにね、虐殺された死体の中から自分の家族を探すんだけど、腐敗がひどくて顔が判別できないんだって。それで脚の傷痕とか、そういう特徴でもって、やっとのことで探し出したんだけど、僕たちもね、もし……」

そんな脅迫をしても、

「君の体には何か大きな傷跡とか、斑点のようなのがあるんだろ。それで僕に見られるのが恥ずかしいんだろ？」

怒らせても、

「背中を流してあげるよ」

浴室の前でドアを叩いても、妻は私の願いを聞いてくれなかった。もちろん、妻の体に大きな傷跡や斑点がないことは知っていた。たとえ闇の中とはいえ、いや闇の中だからこそ、私はしばし裸になった妻の体を存分に撫でてみようと躍起になっていたのである。目で見られない代わりに手で見ると言えるほどに、体の隅々まで撫でさすっていたのである。私の手が見たところによれば、小さな傷一つなく、魚のように滑らかで、すらっと真っすぐに伸びたとても素晴らしい体だった。だから一層、自分の目で見たかったのだ。どんなに服を着ていたとしても、その服の中に入っている体つきというものは大体想像できるものである。もし妻が真っ黒な鮫肌にビヤ樽のような腰、麦殻が入った袋のようにだらりと下がった尻の持ち主だったら、もちろん私は初めから見たいとは思わなかったろう。そうではなくて、外国の名画の中の裸体の女人たちよりもっと美しいと思われたから自分の目で確認し、感動したくてうずうずしていたのだった。

それでも妻は、

「裸なんか見て、どうしようっていうのかしら」

「どうしようとだって？　ちょっと見せてやったからって、何だい？　減るもんじゃなし」

「まあ、怒らないで。怒られると、もっと恥ずかしくなるじゃないですか」

「どうして見せてくれないんだ？　絵画のように鑑賞しようっていうのに。それよりも君、精神分析してもらう必要があるんじゃないか。肉体に対して何かひどい誤解をしているようだ。幼いころに何か大きな衝撃を受けたとか、とにかく、何らかのトラウマがある、間違いない。肉体は汚いものだと抑圧する何かがあるんだ。君をその抑圧から解放してあげなくちゃいけない」

「あらまあ、解放させてどうしようと言うんです？　それに、幼いころのショックとか、そんなの、私、ありません」

「いや、あるはずだよ。その抑圧から解放されなきゃ。肉体というものは美しいものなんだ。肉体を美しいと感じられなけりゃ、人生の美しさの半分しか知らないで生きることになるんだよ」

「私がいつ、肉体が汚いって言いました?」

「じゃあ、どうして見せてくれないの?　もし君にそういうトラウマがないというなら、多分、僕を愛してないからなんだ。愛してないから、包み隠さずに自分のすべてを見せたくはないんだろう」

「まったく、そんな言い方って」

「だって、そうじゃない?　僕を愛してないから……」

「逆よ。愛しているから、あなたの愛をいつまでも掴んでおきたいから、ミステリアスな何かを残しておこうと思って。どんなに夫婦の間とは言っても、お互いにミステリアスな部分があってこそ、飽きることなく、初めて会ったときのような愛を維持できると思うのよ。私、あなたのこと、ふだんは平凡な人だと思っていても、あなたが書いた小説を読むと、どうしたらこんな考えが浮かぶのかしらと、あなたが本当に神々しく見えるのよ。そんなとき、あなたが赤の他人のように思えてもどかしいけど、同時にそれまで感じたことのない愛を感じるの。それで考えたのよ。あなたに見せられる私のミステリアスなところって、何かしらって。恥ずかしいけど、体しかないみたい。私の頭の中は、ご存じのように、空っぽで……」

「君の頭の中の、何が空っぽだって言うんだ！　こんな賢いことを言いながら……」

結局、私は断念するしかなかった。


妻の裸身を初めて見たのは、実に結婚してから三年と何か月目かのときだった。

妻がマンション前の大通りで自動車にぶつかって気を失って倒れているのを病院に運んだとき、医師は妻の血だらけの脚を指さして言った。

「大丈夫ですよ。脚の骨を若干、折っただけですから」

そして看護師に手術の準備を命じ、看護師に妻の服を全部脱がせて患者用のガウンに着替えさせるように指示したときだった。

意識を回復した妻が痛みに顔をしかめながら私に、

「あなたが着替えさせて。他の人に見せるのは嫌よ」

そして私が妻の裸身にガウンを着せてあげている間、妻は呻吟しつつ話すのだった。

「本当のことというとね、生活してたら、いつか何か大きな事故にあって、障がい者になっちゃうんじゃないかって……。それでもし、あなたが毎日、昔の私の体のことばかり考えるようになってしまったら、どうしようって……」
ああ、「生活してたら、いつか」そうなる、血まみれの裸身だけが、妻が夫に堂々と曝けだせるものなのか！

（一九七三年）

## 危険な年齢

浮気でもしてるのだろうか。

妻の態度が最近おかしいと思ってよくよく考えてみると、妻の表情に何かしらの変化が起きたのは昨日今日のことではなく、ひと月以上も前のようだ。この間、私は仕事に熱中するあまり、妻の表情や挙動をおもんばかる余裕がなかった。

もっとも、結婚して十年過ぎ、いたずらっ子が二人もいる、四十歳を目前にした夫婦の間で、相手の表情や挙動にいちいち気を遣う余裕がどこにあり、また、そんな必要が一体どこにあるのだろう。お互いに長所も短所もみんなさらけ出し、信じあって生きていく間柄ではないか。家計を切り盛りして子どもの世話をやくのに夫婦が目一杯心を砕いても、それでも足りない状態だ。僕が妻に愛嬌のようなものを断念してから長いように、妻もやはり僕に細やかな気遣いを期待するのは無理だと断念しているだろうと僕は思っている。

僕がまさにそう思っているせいで浮気したのだろうか？　人妻が浮気して事件を起こしたという週刊誌の記事のようなものを見ると、その原因は間違いなく夫の無関心と家庭生活の倦怠というものになっている。「まさか、うちの妻が……」と言ってはいけない。浮気する人妻というものは、どこか違う世界にいるわけじゃないそうだ。そうなるだけの条件さえ揃えば、どんな女性でもできるのが浮気だという。知識も教養も名誉も財産も浮気の前では何ら役には立たないという。人妻が浮気をするには、ただ女性であるという条件さえ満たしていれば十分だという。そして夫の無関心と昨日、今日、明日が少しも違わず変化がない家庭生活の倦怠という条件が傍で手伝ってくれさえしたら……。

そうしてみると、その悪い条件を完全に備えているのがまさに僕という夫が率いるうちの家庭である。

妻が「頭の右側がズキズキ痛いのよ」と言えば、「貧血だろう、薬を飲んだら」という程度の反応をするのが僕だ。しょっちゅう軽い病気にかかるのは子どもたちだ。子どもたちが病み患うだけでも十分だ。親たちは病気になってはいけない。僕も妻も子どものために病気にならないように、ふだんから自分の体は自分でよく管理しなければならない。そういう考えで頭がいっぱいの僕としては、それ以上につき合うのは難しい。妻の側からすれば病院までは連れて行ってくれなくても、額に手でも一度当ててくれることすらない夫が物足りないという程度を超えて憎らしくすらあるだろう。夫婦同伴で映画を見に行ったのがはるか昔の夢の中のことのようだ。他の人々が自家用車に乗って遊園地に遊びに行く日曜日にも夫はテレビの前に座って野球の試合なんかを間抜けた顔をして見ている。お手伝いさんのいない暮らしなので、朝、昼、晩の三食を準備して食べ、後片付けをして家の中を掃除し、洗濯していたら一日が終わってしまう。全く変わらない一日がまためぐってきて……朝日が昇るのが嫌でたまらない。

妻の立場に立って察するに、今まで浮気しなかったことが異常なのだ。

そして高名な週刊誌の意見によれば、人妻が浮気する年齢は統計的に三十代半ばから四十代初めだという。青春の黄昏、安定した生活からくる自得、または敗れた夢からくる反抗、そうしてみると三十四歳の妻はまさしく危険千万な年齢に差し掛かっているのだ。注意しながら観察してみると、前にはなかったおかしな挙動は一つ二つではない。まず、あんなにしょっちゅう起こしていた癇癪がなくなった。子どもたちが外から泥だらけになって入ってきても癇癪、夫が唾を吐いても癇癪を起こしていた妻が今はそんなことを見ても眉をひそめることもない。黙って泥だらけの子どもたちをお風呂に連れて行き、灰皿の脇にそっとティッシュを持ってくる。

以前は夫がうっかりおならをすれば、ぱっと飛びのいて「あなたも、もう終わりね。妻の前でぷっぷ。それなら私だって、あなたの前で目茶苦茶おならするから」とか何とか言いながら、いくら隠し事のない夫婦の間柄とはいえ、お互いに注意すべきところは注意しなくちゃ、と子どもを叱るように訓戒を垂れていた妻が、近頃は僕がおならを連発しても一度ニヤリと笑って無視する程度で終わる。おかしな点はまだある。新聞を読むのに熱中しているときに視線を感じて振り向くと、その間僕を静かに凝視していたように妻は慌てて視線をそらしてテレビの連続ドラマを見ていたふりをする。どうして僕のことを凝視していたのだろう？　浮気の相手の男と夫の僕を比べて見ていたのではなかろうか。

疑いの目で見はじめると、おかしな点はいくらでもある。寝床では前はなかったのに、僕の胸に入ってくる。それなのに、いざあの行為となるとお断りだ。「このままが良いわ」、夫ではない男と浮気をしている罪の意識を拭い去るには、その程度ならちょうどぴったりなのだろう。そして決定的に不審な点は、子どもたちに聞いたら、少し前から妻は僕が会社に行って留守の昼の時間に時々子どもたちを隣のおばさんに預けて二、三時間外出するという。「君、最近どこに行ってるんだい？」、そう尋ねてみたい衝動を僕はぐっと抑えた。浮気女が正直に答えるはずがないからだ。「どこって、買い物に行ってきたのよ」。そう答えるに決まっているし、そしたら、自分でも知らぬ間に僕のげんこつが妻の顔を殴るに決まっている。そんな馬鹿みたいな質問は、自分の妻が浮気しているという事実を信じようとしない愚かな夫のすることだ。事実を正確に知ることが千万回の質問より急務である。

何日間か、僕は会社に出勤するふりをして家の外に隠れ、妻が外出するのを待っていた。ついにある日の午後三時頃、妻が外出着姿で出てきた。タクシーに乗って妻が乗ったバスの後を追いかけていく夫の心情といったら、この世でどんな機械より複雑至極にがたがた震える機械であることを誰が知ろう！

光化門でバスを降りた妻は用事のない人のようにのろのろと歩いていく。あたふたとタクシーを降りた僕ものろのろ後をついていく。妻は喫茶店に入って行く。「恋」という名前の喫茶店だ。ああ、よりによってあの店とは。そこは妻と僕が恋愛していた頃の行きつけの、約束の場所だった。店の前に立つと、夢の中のことのように朧げになってしまっていた十二年前のことが一つ、二つと鮮やかに蘇る。貧しい青年は店のドアを押す前にポケットの中のデート資金をもう一度確認するのが常だった。昔の癖のとおり、僕はポケットに手を入れてみる。店のドアを開ければナット・キングコールの低音が迎えてくれるだろう。妻はにっこり笑って「ここよ」と手を半分くらい上げるだろう。

「この店、まだあったんだな」

僕は踵を返し、店の前を立ち去る。妻が中で会っている男が昔の僕であるのは見なくても分かり切っている。だから、贅肉のついた、おならをふかし、つむじ曲がりになった中年男の面を二十三、四歳の乙女になっている妻の前にどうやって突き出せるというのか！

（一九七五年）

## 愛が再び出会う場所

チョンヒに会えるのはいつ、どこでだろう。それはヨンホがどこへ行くにもついて回る疑問だった。友達とビアホールに行っても、職場に向かう道でも、週末に一人でリュックを背負って山登りに行っても、その疑問は常について回った。その疑問は例えば「私は何歳で、どこで、どのように死ぬのだろうか」「十年後、私は何になっているのだろう」というような疑問と同じように、今の自分には到底答えが得られない、もどかしい疑問だった。

彼が「風来坊」という渾名がつくほど家にじっとしていることがなく、暇さえあれば歩き回る理由も、その疑問を解くためだった。チョンヒに会えるのはいつ、どこでだろう。ひょっとしたら今日、ミドパ百貨店で会えるかな。街の中かな。南大門市場だろうか。だが最後にチョンヒと会ってから四年が過ぎたが、どこに行っても彼はチョンヒを見かけることはなかった。もしかしたらチョンヒはソウルに暮らしていないのかもしれないとも考えた。夫の職場が地方にあるのだろうか。しかしヨンホは、チョンヒがソウルに暮らしているのか地方にいるのかを調べようとはしなかった。彼が怠惰なためではなかった。調べようとすれば簡単に調べられる方法がないわけではなかった。電話帳でチョンヒの父親の名前を探せばチョンヒの家（今は実家になるだろうけど）の番号がわかるだろうし、そしたら例えば事務所の女性職員にチョンヒの友達のふりをしてもらってチョンヒが今住んでいる所を突き止めることができるだろう。その方法自体、ヨンホが嫌う世俗的な、穢れたものだった。そんな方法を使うのは自分とチョンヒとの深い愛を冒涜するものだという感じがした。いや、その方法はチョンヒが他の人の娘であり、すでに他の男の妻であり、チョンヒまでもがすでに別の女性になっているのを認めることだった。結局、チョンヒにとって自分は何者でもないという現実にぶち当たるだろうことをヨンホは十分に察知していた。チョンヒが他の誰でもない、ただチョンヒ自身であるときに会わなければならないのだ。誰かの娘であるチョンヒや誰かの妻であるチョンヒではない。ただひたすらチョンヒがチョンヒ自身のものであるときだけだ。ヨンホがよく知っていて愛している昔のチョンヒというのは、まさにそういうチョンヒだったのだ。

さて、それではヨンホが望んでいるまさにそうしたチョンヒに会ったとしよう。会ってどうしようというのか。しかし、どうしようという考えはまるで浮かんでこない。会えたら、彼女を見つめるだろう、せいぜいその程度のことしか思い浮かばないのだった。

いつだったか、ヨンホは友人にチョンヒに会いたい自分の気持ちを打ち明けたことがあった。

「初恋を長い間、心の中に大切にしまっておけなくて残念がるのは男のほうだろうか、女のほうだろうか」

「そりゃあ、もちろん、男のほうだろ。女は夫との新婚旅行の間にきれいさっぱり忘れてしまうさ。あるいはそのときまでも忘れられないでいる女がいたとしても、子どもを一人産んでしまえば、完全に忘れてしまうよ」

「そうか?」

「俺の言うことは孔子のお言葉と思えばいい。全部、経験済みのことなんだから。うちの女房にも死ぬの生きるのって言ってた初恋があったんだ。あいつの親が無理やり俺と結婚させようとするから、泣きわめいて薬を飲んで自殺を企てたりと大騒動だったよ。それでも駄目だから最後には俺に事情を打ち明けて頼むんだ。自分が好きな人と暮らせるように、俺があいつの親にあいつと結婚するのは嫌だって言ってくれっていうのさ」

「それで?」

「俺がそんな使い走りをするとでも? できないって言ってやったよ。今、お前が好きなその男がお前を好きだと思っている何倍も、俺はお前が好きだと言ってやったよ」

「そう言ったら?」

「呆れたのか、口をぽかんと開けて俺を見た。その瞬間、素早く抱きしめてキスしてやった」

「……」

「それで全部うまくいったというわけだ。今ではうちの女房が俺に愛嬌ふりまいてるの、お前も知ってるだろ？　それが女というもんさ」

「だけど、お前の奥さんも心の中では初恋の人を……」

「こいつ、他人の夫婦を仲たがいさせる気か」

「いや、そんなつもりは……」

「思いたけりゃ、思えばいいさ。あいつが心の中で初恋の人を思おうと、二番目の恋人を忘れられなかろうと、それがどうしたって言うんだ。俺に愛嬌振りまいて、俺の子どもが可愛くて仕方ないのに、それで良いじゃないか、何だというんだ。あっ、そうだ、こんなことも言ってたな。〝あなた、もし今、私の初恋の人が私に会いたいってうちを訪ねてきたら、あなた、どうする？〟そう言ってたな」

「それで、何て言ったんだ？」

「これは、これは、ありがとうございます。どうか連れて行ってください、そう言ったら、女房曰く、〝ふん、今更、私を捨ててしまおうですって？〟そう言いながら俺を目茶苦茶つねって大騒ぎさ」

「……」

「男と女は元々造物主がそのように作ったものなんだ。男は何か愛していなくては生きられないようになっていて、女は愛されなくては生きられないようになっているんだ。女というものは、誰からであれ、十分な愛情さえかけられれば心安らかに生きられるようになっている。お前が忘れられないチョンヒという女も今、自分の夫から愛されていれば、それで十分満足しているさ。お前の過去の恋愛まで追憶すべき必要はないんだよ。もし、夫から満足するだけの愛情をかけられていなかったなら、とっくの昔にお前のとこに駆け戻ってきてるはずさ。それと、お前もそうだよ。お前は男だから、何か愛さなくては生きてる気がしないから、もう望みがないのをよく知りながら未だに彼女を忘れられないでいるんだよ。だから、よく考えてみれば、他を愛するようになれば、彼女を忘れてしまうことができるという話さ」

「俺も努力はしたよ。他の女を愛してみようとね。だけどまだ、チョンヒほど好きになれる女はいない」

「必ずしも他の女を愛せという話じゃない。例えば今、お前がしている仕事を愛すればいいのさ。男ってのは、仕事を女以上に愛せるものなんだ。造物主がそのように作っておいたんだよ。もしもチョンヒという女が今、お前の妻になってたとしよう。そしたら間違いなく、お前はその女よりもお前がしている仕事のほうを愛しているだろうよ」

「そうかも。だけど、それはチョンヒが俺の側にいての、その次の話じゃないか」

「そら、見ろ。お前が今、彼女を死ぬほど愛していて永遠に愛するみたいに思ってるようだが、突き詰めれば結局、所有欲でしかないってことだ。いったん手に入れてしまえば、お前の愛は他のところに移っていくのさ。仕事を愛するようになるだろうよ。そうなったらそのときは、彼女が煩わしく思えるかもしれない。だから結局、俺が言いたいのは、もう馬鹿な真似はいい加減にして、愛を他のところに移せってことさ」

「いや、何……何……ただ……そんなとこさ」

ヨンホもこの期に及んで、チョンヒが自分のところに来てくれると期待しているわけではなかった。ただ一度だけでも会いたいという感情がいつからか〝チョンヒに会えるのはいつ、どこでだろう〟という疑問に変わり、その疑問が常に彼をあちこち歩き回らせているのだった。チョンヒとの最後の瞬間が不明瞭なものではなく、刀で切ったようにはっきりしていたら、そうした感情はさっさと捨てさることができただろう。二人の別れは曖昧この上ないものだった。ヨンホが軍隊から休暇で出てきたとき、チョンヒはその間はずっとヨンホと一緒に過ごした。休暇が終わって部隊に戻るときもバス停までついてきて、乗客のいないバスの後ろで愛の口づけをした。その後、どうして手紙が来ないいんだろうと思っていたのだが、あれが最後だったのだ。本当に糢糊とした別れだった。別れが曖昧だったように、再開のチャンスが霧の向こうから俄かに飛び出してくるように、そうなるに違いないと思われてヨンホは、「いつか、どこかで」を待っていたと言えよう。

ああ、それなのに、造物主という方はどれほどまでに意地悪な悪戯を好まれるのか！

ある日のこと、ヨンホが仏頂面で友人を訪ねてきて、べそをかきながら次のように打ち明けた。

「昨夜、おれは汽車に乗っていた。出張の帰りだった。よその土地の食事が合わなかったのか、ひどく腹をこわして、ほぼ二十分おきにトイレに行かなきゃならなかった。それで、何度も行ったり来たりした後は面倒になって、初めから尻を丸出しにして便器の穴に突っ込んでいた。すると急に、トイレのドアががらりと開いた。うっかり鍵をかけ忘れていたんだよ。人がいるのを知らないで入ってきた女が、『まあ！』って悲鳴を上げたんだけど、目が合った。それがなんと、チョンヒだった……。これでもう、忘れることができそうだ」

（一九七五年）

# III 一九八〇年代〜

真夜中の小さな風景（一九八〇年）
生きるということ（一九八〇年）
スギの鳥（一九八〇年）
ある結婚の条件（一九八〇年）
日の光（一九八〇年）
キム・スマン氏が身代をつぶした来歴（一九八一年）
偽物と本物（二〇一四年）

# 真夜中の小さな風景

ピーンポーン。

インターホンの音が静寂を破ってその余韻が波紋のように広がり、家の中の隅々に染み込んでいった。そしてその音はその一度だけで、周囲は再び深い静寂に包まれた。

誰だろう、こんな時間に。零時も過ぎて午前一時五分前だった。妻と子どもたちは奥の間でずいぶん前から寝入っていて、私は居間のソファで定期購読している月刊時事雑誌を読んでいる最中だった。午前一時といえば電話のベルにもぎくりとするのに、玄関の外で誰かがインターホンを押し、ドアを開けろというのだ。明らかに喜ばしいことではないという予感がしてひどく緊張した。血だらけになった人が、やっとのことでわが家の玄関まで這ってきて最後の力でインターホンを押し、その場で倒れているんじゃないかと思われてならなかった。ドアの外の気配に私はぞくっとした。

「どなたですか」

私は玄関に近づき、重く、しかし外にいる人が十分聞き取れる声で言った。

「私です」

気が抜けるほど低く、かすれた女の声が待ってたとばかりに答えた。

「どなた？」

私は確かめるためにもう少し大きな声で尋ねた。

「あのう、私、ギスの母親です。あの、前の棟のイ・ソンジンの……」

「あ、ちょっと待ってください」

「すみません。外から見たら、明かりがついていたので……」

「いえ、大丈夫です。ちょっとお待ちください」

私は寝間着姿で隣家の奥さんを出迎えるわけにはいかなかった。それより、このギスの母親は妻の客人であるはずだから、妻を起こして迎えなければならないだろう。こんな時間にかすれた声で訪ねてきたのを見ると、尋常でないことがあったに違いない。よく夫婦喧嘩をするというのは聞いたことがあった。

夫のイ・ソンジンさんは、繊維関係の会社の理事だという。同じ男の目には、能力があって態度も控え目な人に見える。だが妻の立場からしたら、夫は賭博にのめりこんでいる上に、妻に対して病的な猜疑心をもっているという煩わしい男だった。三〇代半ばのこの家庭でもよくある夫婦間の言い争いというには確かに度を越えた過激な夫婦喧嘩で、その回数も多かった。小学校と幼稚園に通う子どもが二人もいるのに、ともすれば離婚という単語が行きかうのだった。

彼の猜疑心の原因は、彼女と初めて出会った場所がビアホールだったということにある。彼女は大学入試に落ちて浪人生活をしていた時、友達と一緒に好奇心半分、独立心半分で両親に隠れてビアホールのホステスになり、初めて出勤した日にお客として来たイ・ソンジンさんと出会った。イ・ソンジンさんは、こんな所は好奇心で働きに来る所じゃない、と言って彼女を店から引きずり出して自分の恋人にして見守り、二年後に妻にしたのだった。

妻が純潔な処女だったのを誰よりもよく知っているイ・ソンジンさんだが、逆に年を取るにつれて初めて出会った場所のことで言いがかりをつけ、彼女には元来浮気の気質があるんじゃないかと買い物の時間まで確かめるのだった。

ともかく、今夜もひどい夫婦喧嘩があったに違いないと、私は考えた。家を飛び出したが、いざとなると行くあてがない、ちょうど我が家に明かりが灯っていたので家族が起きていると思って妻のところに避難し、話を聞いてもらいたくて慎み深く訪ねて来たのだろう。

「おい、ギスのオンマ（母ちゃん）が来たよ。前の棟のイ・ソンジンさんの奥さんだよ。夫婦喧嘩して飛び出してきたようだ」

「今、何時？」

「午前一時」

「どうしましょう、布団がなくて……」

着替えをして玄関に出て行った妻が、やがて戻ってきた。その間、私は奥の間の暗がりの中に座り、妻がギスの母親を空き部屋に案内するのを待っていた。

「行っちゃったわ」

「行った？」

「送り返したのよ。こんな時間に他人の家に来る女がどこにいます。旅館に行くなり、いっそのこと、凍え死んでも路上で夜を明かすべきよ。あんな風にプライドがないから、夫にいじめられるのよ。夫から殴られて、顔中が血だらけじゃないの。戻ってもっと殴られて、死ねばいいのよって言ってやりました」

話し終えて布団の中に入った妻は掛布団を頭まですっぽりかぶると、肩を震わせて泣き始めた。

しばらくして、私はそっと玄関のドアを開けて外に出た。真っ暗な闇の中でまだ冷たい二月の風が全身をすぐにでも凍らせてしまうように吹いてきた。私は暗くてひどく冷たい虚空をじっと見つめた。女たちの暮らしは男たちの暮らしとはちょっと違うようだと、考えていた。
　血だらけの隣家の婦人を受け入れない厳格さは、どこから来るのだろう。どんな穢れからも自分の家庭を守ろうとする女たちのあがきが、二月の夜風より激しく吹き寄せてくるのを感じた。

（一九八〇年）

# 生きるということ

内線のベルが鳴った。チャンウは受話器を取った。

「はい、資材課です」

「イ次長、五番電話です」

交換手の声が受話器の中で爽やかに響いた。

「はい」

「もしもし」

受話器から飛び出してきたのは、意外にもシンジャの声だった。この三年にわたる関係をお互いきれいさっぱり忘れてしまうことを約束して別れてから一週間しか経っていなかった。

「ああ、俺」

習慣になっていた自然なため口で、しかし脇の席の同僚を意識して太く低い声で、チャンウは飛びこんできた女の声に答えた。ところが、受話器の中からシンジャの泣き声が溢れ出した。

「どうした、何かあったのか」

「ごめんなさい、許して」

泣きながらシンジャはしきりに、ごめんなさいと許して、という言葉ばかり繰り返している。

「どうしたんだよ？　何があったんだい？」

ぞくっとする予感に取りつかれてチャンウは尋ねた。やっとのことで勇気を出したように、それでもまだ泣きながらシンジャは話を切り出した。

「あの人に全部、話してしまったの。私たちの間にあったことを全部。隣の家の人に聞いてみんな知ってるって。隠さないで自白しろって……」

チャンウは胸が張り裂け、全身から力が抜けていくのを感じた。

「バカ！　絶対言わないってことにしたじゃないか！」

「お酒をいっぱい飲んできて、めったやたらに殴るんだもの。昨夜、夜が明けるまで殴られたのよ。もう、どうなってもいいって思って、話しちゃったの」

三年の間、夫婦のように愛していた女が荒々しい夫の鉄拳制裁を受け、足蹴りにされ、長い髪が引っ張り抜かれている場面が目に見えるようで、チャンウは胸が痛んだ。

「私、死にたい。でも、子どもたちがとても可哀そう」

子どもたちに対する彼女の献身的でこの上ない愛情をチャンウはよく知っていた。小学校五年生、三年生、そして幼稚園に通う娘、息子をシンジャは恐ろしいほどの執念で保護してきた。彼女がこの世で真に愛している対象はその子どもたちだけだということをチャンウはよく知っていた。

「死ぬだなんて……そんな馬鹿なことを考えないで……うーん、後でちょっと会おうか」

「だめよ、あの人があなたのところに行くはずよ」

「ええっ、俺のところに来るって？」

「行かないでって、いくら止めても……本当に私、死んでしまいたいわ。許して。舌を噛んで死んでしまいたい」

シンジャの夫がすぐにでも事務室に押しかけてきて多くの同僚の目の前で殴りかかってくるように思え、チャンウは全身が震えた。

「逃げて。あの人、怒ると、まるで獣のようなの。ふだんはおとなしいのに、怒りだすとみさかいがなくなって、全く別人のようになるのよ。会社の人に自分は会社を辞めたって言ってくれとお願いして、席から離れて」

そんなことも知恵だと言い聞かせているシンジャに対してチャンウは狡賢いというより、むしろ哀れを感じた。それで無理に冷静を装って、

「分かった。俺が自分で何とかするから、そんなに心配するな。子どもたちのことを考えなくちゃ」

「ええ、本当に……本当に……」

本当にすまないと言いたいんだろうと気持ちを汲み取りながらチャンウは、

「電話、切るぞ」

と、先に受話器を置いた。

夫が攻め込んで来るって。さあ、どうしよう？　だがチャンウは急にどこでもいいから横になって眠ってしまいたいほどの深い疲労感に襲われただけで、何をどうしていいのか分からなかった。

シンジャと知り合ったのは三年前の冬、ある日の夜だった。会社を遅く退勤して家に帰る途中、一杯やろうと町内の路地の屋台に立ち寄った。お客はと言えば、女が一人いるだけだった。恰好から見て普通の家庭の主婦のようだが、生きる希望を失ったような表情で強い焼酎のボトルを半分ほど空けていた。美人だなとチャンウは思った。しかし、こんな遅い時間に一人で酒を飲んでいる女と言えば、言わずと知れた女だとも考えた。チャンウが中に入ってからいくらも経たずに女は静かに勘定を済ませて出て行った。聞きもしなかったが、屋台の女主人はチャンウに、その女について知っていることを話してくれた。何日か前にこの町内に家を借りて引っ越してきた女だが、子どもが四人いる未亡人で、子どもを寝かしつけてからあんなふうに酒を飲みに来るのだと言う。酒を飲まなくては眠れないからだ。家政婦をしたらひと月いくらになるか知ってるかと聞いてくるところをみると、相当暮らしに困っているんだろうと屋台の女主人が言った。

次の日の晩にチャンウはわざわざその屋台に出かけて行った。今日はチャンウが先だった。女は昨日より更に生きる希望のない顔で静かに酒を飲み、出て行った。その間ずっとチャンウは気づかれないように女を観察した。死の影が彼女を包み込んでいるのを感じた。数年前に妻と離婚した後に彼を襲ったのと同じあの絶望感が今、彼女を闇の中に一歩一歩引きずり込んでいく。チャンウには目に見えるようだった。

その次の日の夜、彼女が来るのを待つ一秒、一分があんなにもうんざりする程長いとは。彼女が来なければ、町内の一軒一軒をしらみつぶしにしてでも探し出してやろうと考えた。彼女が入ってきたとき、彼は自分が彼女なしには生きていくのが難しいだろうという確信をもった。次の日から彼らの恋愛関係が始まった。しかし、シンジャはどうしても結婚だけは同意しなかった。毎日適当な時間にチャンウのマンションにやって来て洗濯やら掃除やらキムチの漬け込みやらの家事をして帰っていく。日曜日のような休みの日には比較的長い時間チャンウのところで一緒に過ごすことで彼らの夫婦生活は満足するしかなかった。チャンウの少なからぬ収入は二軒の家の生活費に充てられた。シンジャの子どもたちは他の家の子に負けないゆとりある暮らしができた。

その間、シンジャは夫が経済事犯で刑務所に入っているということを一度も話さなかった。ただ未亡人のふりをしていた。その事実を打ち明けたのは一週間前、夫の釈放の通知を受け取ってからだった。利用されたと憤慨するにはあまりのことにあっけにとられてしまった。胸が痛む別れだった。夫とは離婚すると言って泣いているシンジャをむしろなだめなければならなかった。子どものことを考えて絶対に離婚はするな。君のように善良できれいな女性を三年間も愛せたことで、僕は神様に感謝する。ご主人には決してこの間のことを話してはいけない、君も忘れて、僕も忘れてしまって、きれいさっぱり別れよう。そう言ったのに、これから彼女の夫が攻め込んでくるという。本当に未亡人とばかり思っていたと弁明できないわけではなかったが、相手の立場に立ったらチャンウは多少の金で既婚女性を弄んだ破廉恥な男にしか見えないだろうことは間違いなかった。

ああ、死にたいのは俺のほうだと考えているところに、電話がかかってきた。控え目な物言いの、男の太い声だった。

「イ・チャンウさんでしょうか？　私、シンジャの夫です。直接お訪ねしようかと思いましたが、ひょっとしたら不安に思われるかもしれないと、こうして電話でお話いたします。何とお礼を申し上げたらいいか、わかりません。イさんでなかったら、うちの家族はみんな飢え死にしたでしょう。イさんの罪なんか、私の犯した罪に比べたら、罪だなんて言えません。本当に、何とお礼を申し上げたらいいのか……」

次から次に出てくる男の謙遜した言葉づかいに、チャンウは刑務所という所はどんな所なんだろうという、ちょっと突拍子もないことを考えていた。

（一九八〇年）

## スギの鳥

スギがその鳥と初めて会ったのは、スギが四歳のときでした。そのころ、スギの家族は大きな川が流れる田舎に暮らしていました。お母さんの髪が夕風に勢いよく吹き上げられ、川の水は夕日を浴びて金色に光っていました。

お母さんはおんおん泣いており、お母さんが泣くのでスギもおんおん泣いていました。

「お父さんなんて、大っ嫌い！」

叫びましたが、お母さんには何の慰めにもならないのか、泣くのをやめませんでした。久しぶりに家に帰ってきたお父さんがお母さんをひどく殴ったのでした。お母さんが川の中に一歩進みました。

「お母さん、怖いよう！」

スギが叫びました。お母さんは一層大きな声で泣きながら川辺に戻ってきて、スギを下ろしました。そして、お母さんは金色の波の中へ入って行きました。お母さんが最後に何か叫びましたが、その声は柿の木の枝に飛んできては止まっている鳥の鳴き声に似ていました。スギも何か叫びましたが、その声も鳥の声に似ていました。お母さんの頭が水の中に消えると、バタバタと羽ばたく音が聞こえ、本当に大きな一羽の烏がスギの前に下りてきてニタッと笑いました。

「カア！　これからはお母さんの代わりに俺が面倒見てやる」

小学校三年生のとき、ヨンという女の子がスギに意地悪をするのでした。

「あの子、お母さんが何人もいるんだって。あの子のお父さん、浮気者なんだってさ」

ヨンのせいでスギは学校に行くのも嫌でした。

ある日のこと、お父さんには学校に行くふりをして裏山に行って若菜を摘んでいると、あの烏が飛んできました。

「カア！　俺がヨンという子を懲らしめてやる」

「どうやって？」

「ブランコから落っことしてやる、カア！」

ヨンはブランコをこいで一番高くまで上がる、校内で一番ブランコ乗りの上手な女の子でした。

朝は登校するなり、まずブランコに乗るのでした。ブランコの綱は高いプラタナスの枝の上に繋げられていました。烏はスギの若菜を摘むためのナイフを口にくわえて飛んでいき、ブランコの綱をこっそり切りつけておきました。次の日の朝、ブランコに乗っていたヨンは空中から地面に落ちて背骨が曲がってしまいました。しかしスギは少しも嬉しくありません。むしろ、怖いだけでした。それで鳥に言いました。

「あたし、あんたなんか、嫌い。二度とあたしの前に出てこないで！」

スギが小学校を卒業するや、スギの家はソウルに引っ越しました。スギのお父さんはお金をたくさん稼いでお金持ちになりました。スギが女子高生になったとき、ハンサムな青年が家庭教師としてスギの勉強を見てくれました。

スギは一日中、その大学生が家に来る時間だけを待つようになりました。勉強時間中もスギはその青年の顔ばかり、ぼんやり眺めていました。

「スギが大学生になったら、そのとき、僕たち、思いっきり愛し合うことができる」

スギは青年のその言葉を固く信じました。実際、スギが大学に合格したとき、青年はスギをぎゅっと抱きしめてキスしてくれました。ところがある日、青年が他の女性と結婚するという噂を耳にしました。噂は本当でした。

スギの鳥が飛んできました。

「カア！　放っておいちゃダメだ！」

「どうしようって言うのよ？　ダメ。他の女の人と結婚するように放っといてよ」

「カア！　俺に任せておけって、カア！」

「あの人を傷つけないでよ」

しかし、飛んでいった鳥が戻ってきたとき、その大きくて鋭い嘴は血まみれで、青年の心臓をくわえていました。スギはおんおん泣きました。

川には金色の波がうねっていました。夕風がスギの髪を勢いよく吹き上げました。

「カア!」

スギの口から一羽の鳥が虚空に飛んでいきました。


（一九八〇年）

# ある結婚の条件

いつも気になっていることの一つは、一人の男と一人の女がどんな理由で互いに愛を感じ、また結婚という途轍もない約束をするようになるのかということだ。それで私は機会あるごとに友人であれ、先輩であれ、捕まえては「結婚までのいきさつをちょっと教えて」と頼むのだ。そのようにして聞いた話の中から一つ、ここで紹介してみよう……。

すでに十年以上も前のことだ。当時は一流大学を出てもぶらぶら遊んでいなければならない就職難の時代だった。だから、まず働き口を得て自立することが私の唯一の関心事だったので、結婚に関することの一切を長兄夫妻に任せていた。特に義姉は義弟たちの妻を自らの手で選んでやりたいと気をもんでいた。もし私が結婚したら私たち夫婦が住む家を買ってやると言っていたのは長兄だったから、その家で一緒に住むであろう女性を長兄夫婦が決めるのは当然なことだと、私は思っていた。そして交際するようになった女性はソウル駅の近くにある宿屋のお嬢さんだった。目が大きく、ほっそりと優美な佇まいだったので、背が少し低いとか鼻がちょっと低いとかという欠点を十分補って余りある大学二年生だった。彼女の容姿に対して私は満足したわけだ。しかし下品な客が出入りする宿で育った女性だというのが何となく気になった。今は交際の最初の段階だからあんな風におしとやかに純真なふりをしているが、腹の中には千年も生きる狐が潜んでいるかも知れない。だが数か月間付き合ってみると、それは私の過度な先入観だった。むしろ余りにも純真で世情を知らないので、その宿を埋め尽くすありとあらゆるおぞましい臭いも、そして私の義母になるであろう中年女性が嗄れ声で嫌らしい客に下卑た物言いで食ってかかって喧嘩するのも、ひとえに娘を純真で素直に育てるための重大な手段だったのだろうと思うようになった。すると今度はその乙女に対する違った不安が頭をもたげた。世情に疎くしょっちゅう顔を赤らめるしか能がないというのは、生存競争の激しいソウルで暮らすには決して美徳ではない。役所に行って書類一枚発行してもらうこともできず、市場に行けばぼられてばかりいる妻とは、どれほど歯痒いものだろう。ところがある日、そのすべての心配がきれいさっぱり消えてしまった。私としてはこれ以上望むべくもない理想的な乙女であることが分かった。彼女がしてくれた話のお蔭だ。

「私が大学入試の勉強をしていたときですから、昨年一月のことです。雪がたくさん降る日でした。みすぼらしい四十代の男の方々がうちの宿にいらっしゃいました。聞き取りにくい方言を使う田舎の人たちでしたが、一人はソウルに何回か来たことがあるのか友達に、『あれが南山《ナムサン》、あっちが西大門《ソデムン》』。そして自分の地方出身の国会議員の名前をまるで友達でもあるかのように、誰某がどうしたこうしたと言いながら威張り散らしていました。するとソウルが初めてのような一人がひどく不安な表情で南山を見上げたり、西大門に続く道のほうを覗き込むようにしたりして頷いていました。その人が田舎で百姓仕事だけをして生きてきた善良な男の人だということは、私の目でも見て取れました。鹿のようにとても穏やかな目が印象的でした。ところが何日か後に、私は母からびっくりする話を聞きました。あの穏やかに見えた農夫は田んぼが少ししかないのに十人を超える家族持ちで、ひどく貧しかったそうです。子どもたちはどんどん成長するのに学校にもやれなくて、自分は何だか近いうちに死ぬことになるという思いがしきりにして、何としてでも子どもたちにだけはその貧しさを受け継がせたくないのに何ら方法がなくて。ところがたまたま、あの知ったかぶりの友達が新聞を手に訪ねてきたそうです。米国のある盲目の人が目を購入したいという広告を出したのだけど、眼球一つに三十万ドル出すということでした。目を一つ失くしてそれほどのお金ができるなら、子どもたちのためにありがたい。それでその農夫は友達に頼ったそうです。そのアメリカの人に自分の目を売る道はないかって。まるでその友達がそのアメリカ人とでもいうようにしがみついたそうです」

「三万か三十万かで目を買うって言ったの、たしかレイ・チャールズじゃない?」

「そうです。盲目の歌手、〝アイ キャント ストップ ラビング ユウ〟を歌った盲目の黒人歌手のことです。どうしてご存じなの？」

「去年、いつだったか、新聞の海外トピックの欄でレイ・チャールズの広告についての記事を読んだのを思い出して」

「まさに、それです。母がその話をしてくれたんですが、本当に可笑しくて、すぐに新聞をめくって見ました。東亜日報の海外トピック欄にそれが載っていました。ところが、アメリカ国内だけでも自分の目を売りたいという人が四十八人と書かれていました」

「それで、そのお客さんたちはレイ・チャールズに目を売るルートを探しに、ソウルに来たってわけなんだね？」

「そうなんです。あの知ったかぶりの友達が、その地方出身の国会議員と親戚筋にあたるんですって。アメリカ国内だけでも目を売るっていう人があんなに大勢いるんだから、こういうことは国会議員を前面に立てないとって主張し、農夫を連れてソウルに来たんです。そして、国会議員を訪ねていき、これは外貨獲得なんだから、その農夫だけでなく国家的にも良いことじゃないか、だから、国会議員が先頭に立てば出来ないことはないはずだから、あのアメリカの盲目の人にどうせなら、この貧しい韓国の農夫の目を買ってくれと口添えしてくれと。しかし国会議員は、冗談はよせと一言で切り捨てながら、それらしい理由を掲げました。アメリカ人は瞳が青かったり、黄色っぽかったりするから、黒い瞳は要らないだろうって。それで、あの農夫と友達は落胆していたんです。それなのに、つい私がその目の見えない人は黒人だから、むしろ黒い瞳しか要らないだろうって、話しちゃったのが間違いでした。それを母があの人たちに伝え、それであの人たちが再び勇気を取り戻したところまでは良かったんですが、そのいんちきみたいな事件に引きずり込まれてしまったのです。レイ・チャールズさん宛に英文の手紙を書いてくれ、と私にやたらとせがむんです。三十万ドル全部くれなくても良い。十五万、いや三万ドルだけでもくれたら売る。もし目の移植手術をするためにこちらからアメリカまで行かなければならないなら、アメリカに行く費用も一切こちらの負担にするという内容を、できるだけ哀願調で書いてくれ、というのでした。私は民族的なプライドが傷つけられて顔が火照り……到底そんな手紙は書きたくなくて……」

「それで、書かなかったの？」

「書かないで済ますことはできませんでした。韓英辞典を引きながら、頼まれたとおりに手紙を書きました。あの人たちが新聞社に行って調べてきたレイ・チャールズの住所宛てです。母の話によると、あの手紙を出してから、あの農夫はもう自分の目が売れたかのように、毎日お酒を飲んでは夜遅くまで騒いでいるそうです。田舎の自分の家族には心配するな、ちょっと待っていればうまくいくって、手紙も書いたそうです。返事が来るまでうちの宿に泊まるつもりだったんです。ある晩、母屋のトイレには弟が入っていたので宿の中のお客様用のトイレに行ったら、あの農夫が壁の鏡に映る自分の目を穴が開くほどに見つめていたそうですが、あわてて振り向いたそうです。お酒に酔って真っ赤な顔に涙が流れていました。もうじき売られていく目を見ていたようです。次の日、農夫を母屋の間に案内してレコード・プレイヤーでレイ・チャールズの歌を聞かせてあげました。レコードのジャケットに印刷されたレイ・チャールズの写真を注意深く見ながら音楽を聴き終わると、農夫が言いました。こういう人が、どうしてそんなに金持ちなんだろう。歌だけ歌ってそんなお金持ちになるなんて、どうしても理解できないし納得できないようでした」

「それで、返事は来たの？」

「いいえ、二か月過ぎても返事のようなものはありませんでした。その代わり、田舎のいくらもない田んぼを売ったお金を持って田舎の家族全員がソウルにやってきて、農夫と一緒にソウルのどこかに行ってしまいました。目まで売るって言ってた奴に出来ないことはないだろうって言いながら」

そして、その乙女は言うのだった。

「私は私たちが生きていかなければならないこのソウルで、私たちの隣人として共に生きていかなければならない人々がどんな人々なのかを今、ようやく初めて知りました。あるいは愚かだからかも知れないけど、子どもたちのために目を売ると言い出すほど熱くて……。他人が目を一つ売ると言い出せば、私は目を二つとも売ると言わなければならないことをあのとき、覚悟しました。私たちが生きていく人生は、そうした覚悟なしには出発できない……」

私がその乙女を一生涯の妻に決めたのは、その言葉のためだった。もちろん、その大きくてきれいな目を売らなければならない境遇には決してならないようにすると、自分自身に誓いながらである。

（一九八〇年）

# 日の光

「ストップ。ここで降ろしてください」

ドンイルは団地の正門でタクシーを止めてもらった。

正門を通過して団地内に入ろうとしていたタクシーが止まった。団地はとても広くて、見わたす限りたくさんの高層マンションが並んでいた。その建物の数えきれない多くの窓に明るく電灯が点っていて、まるで夜空に撒かれた星屑のようだった。

「何号棟でしょうか、お宅の前まで行きますよ」

さっき鍾路《チョンノ》でドンイルのためにタクシーを捕まえて乗せてくれた友人が実際の料金の倍以上の額を先払いしたためか、運転手は親切にしようと努めていた。来る途中でもドンイルが、

「運転免許を取ってタクシーを運転できるようになるには大分かかるでしょうね」

という問いに、「もちろんですよ」と一言答えればそれまでなのに、運転手は運転教習期間中の要領、免許取得試験の方法、教習期間にかかる費用など、親切に詳しく答えてくれたのだった。

運転を習ってタクシーの運転手になるのが、今の立場では最も確かな就業の方法のようだとドンイルは思った。

「結構です。ここから近いので」

と言いながら、ドンイルはひどく酔払った体を支えようと努めながらタクシーから降りた。

「お気をつけて、ありがとうございました」

「はい、どうも……」

ドンイルが家族とともにチョンセで暮らしているマンションは団地の正門から十五分ほど歩かなければならなかった。だが、いくら友人が乗せてくれたタクシーとはいえ、外出してタクシーで家の前に着いた自分の姿を見たら、一家の経済状態をよく知っている守衛に、浪費癖のひどい、無責任な家長だと思われるみたいで、わざと正門で車から降りて歩いたのだ。

昨年の今頃、あの「大粛正」*のときに彼は大学卒業後の十五年間青春を捧げた職場の新聞社から解雇された。少なくない額の退職金をもらったが、故郷の父親の胃の手術費用に充て、残りで何か月間か暮らしたら、すっからかんになってしまった。出版社を始めた友人が助ける意味で翻訳の仕事を回してくれたが、それもいつもあるわけではなかった。物価はうなぎ上りで収入はなく、何とかなるだろうと思っている間に、お隣さんや団地前の食品店にまで小さな借金が増えていった。

そしてついに、毎月払わなければならないマンションの管理費が三か月滞るや、管理室の職員に電気を止められた。その上昨日は、滞納している管理費を月々払わなければ水道まで止めると宣告されたのだ。

電気が止められると、死のような沈鬱な闇の底に彼の家庭は沈んだ。今や稼働しない冷蔵庫の中の食べ物はすぐに酸っぱい臭いを放ちはじめ、午後五時になると始まるテレビの子ども番組を待つ楽しみだけで生きているような子どもたちが時間になってもつかないテレビの前で、「あっ、そうだ。電気が止められてたんだ」と言いながら無理に我慢する表情を見るのは惨めだった。夜になって闇に包まれる頃になると、法事のときに使い残したろうそくを何本か出して灯し、その小さくてもどかしい灯の下で子どもたちは宿題をし、妻は後片付けをし、彼は数日前に久しぶりに引き受けた仕事のために英韓辞典をめくっていた。

何よりも真っ暗で、もどかしいのは彼の心だった。電気の光で家の中が明るい間はたとえバス代までなくなっても、何そんなときもあるさ、明日になれば何とかなるさ、という錯覚でやり過ごすことができた。しかし、この真っ暗闇にいざ直面してみると、俺は一体今まで何をして生きてきたのか、という自分の人生全体に対する懐疑と自己の能力に対する絶望感、そしてその一人の男を信じて頼り、暮らしている妻と子どもたちに対する罪責感のため、彼はトイレに入って水が音を立てるまで水道の栓を回して泣いた。

うちの家族を飢え死にさせようというんだなと「粛正」を断行した連中を恨んだが、今の自分がしていることといったら、わが国の経済状態では冷蔵庫もテレビも電灯も使うことは許されず、ろうそくの灯がやっと許される、そんな程度の重要性しかないようだ、という悟りにも似た心境に彼は浸るのだった。

どう死のうと同じことだ、俺と似たような境遇の人を糾合してひと暴れするかと思ってはすぐに、暴力はほかの暴力を招き、そうしているうちに果てしない連鎖の中で血を流す国民の姿が生々しく思い起こされ、そうだ、失業手当をくれる福祉社会だったらいいのに、という風に考えが変わるのだった。自分の境遇に対して一切の幻想を捨てて最も率直に今の自分が持っているものと持っていないものを選り分け、できることとできないことを明らかにして新たな出発をしなければならない。恨むとか、憎悪している場合じゃない。そんなことをしても疲れて苦しくなるのは俺と俺の家族だけだ。我慢しよう、我慢してまず持ちものを一つ残さず使えるものと使えないものに分け、使えないものは捨てて使えるものだけ持って新たに出発しなければならない。水道の水を流し放しにした真っ暗なトイレにしゃがんで泣きながら、彼はそうした結論に達した。すると、心が安らかになって恐ろしさも絶望感も消えた。

彼は自分が暮らしているマンションの前に着くと九階の自分の家を仰ぎ見た。すべての窓が明るい電灯の光を放っている中で、わが家の窓だけ真っ暗に息をひそめていた。ああ、涙にかすむ目にも窓ガラスをかろうじて通過しているうっすら赤みがかったろうそくの光が見える。家族が送る生命の信号のようで彼は嬉しかった。家族が暮らしているのを、これほど喜んだことは前には一度もなかったようだ。

彼は酔ってふらふらしていたが真っすぐ歩こうと努め、一秒でも早く家族に会いたくて足早にエレベーターに向かっていった。ドアを開けてくれた妻が、闇の中で子どもたちを守ってくれ、夫を待ってくれていた妻が、こんなにも頼もしく見えたことは以前にはなかったようだ。

「酔っぱらってごめん。ヨンスの奴に、どうしてもって引っ張ってかれちゃって。子どもたちは?」

ろうそくが一本だけぽつんと点いているこの暗いリビングには、「パパ」と叫びながら駆け寄ってくるはずの子どもたちの姿がなかった。

「寝てるわ」

「もう寝た？」

「早く寝て早く起きるって言うのよ。子どもたち、本当に感心なの。お日様があるうちに宿題をやってしまうって、学校から帰って来たらすぐに宿題をすませるのよ。さっき、日が沈むときに窓辺に座って雑誌を見ながら、ああ、日の光がこんなにありがたいものとは初めて知ったと言いながら、日が沈むのを本当に残念がっていたんですよ。これからは日が沈んだら寝て、夜明けに日が昇るときに起きるって言うんです」

子どもたちは今ようやく上の子が十一歳、下の子が八歳だった。目頭が熱くなり、彼の胸は喜びでいっぱいになった。「神様、ありがとうございます」。自分でも知らないうちに呟きながら、彼は友人が前払いしてくれた少なくない額の翻訳料を妻に差し出しながら言った。

「電気の光がない分、幸せになったようだ」

（一九八〇年）

＊大粛正：一九七四年、民主化運動を弾圧する朴正熙《パクチョンヒ》大統領によって東亜日報、朝鮮日報の記者が大量解雇された言論弾圧事件。

## キム・スマン氏が身代をつぶした来歴

キム・スマン氏が身代をつぶしたという話は人伝てで知っていたが、知らんふりをしているのも気まずくて、「久しぶりに一緒に夕食でも食べよう」と言って彼を呼び出した。キム・スマン氏はある未亡人との不倫関係が表ざたになって奥さんに離婚された。子どもも財産もすべて奥さんに奪われ、職場も政府傘下の企業の部長職を辞めてある個人会社に移って一人、間借り暮らしをしているという噂だった。

身代をつぶした経緯に対する好奇心がなくはなかったが、彼が自ら話し出さない限り、先に私のほうからは聞くまいと自分に言い聞かせた。大学生になった子どもたちの将来や結婚のような問題のためにも、できるだけ奥さんと復縁する努力をやめないようにとアドバイスしてみようと思いながら、私は会社の近くの刺し身料理店に彼を連れていった。

「話は聞いた。黙っているのも何だと思って……」

それで一杯やろうというわけで、と口ごもる私に、キム・スマン氏は今年五十になった自分の人生が粉々になってしまった経緯というか、要因というようなものを簡単明瞭に整理して聞かせてくれるのだった。まるで夕食をごちそうになるお返しとでもいうように、落ち着いた声と表情で……。

人はそれぞれ、弱点が少なくとも一つはある。その弱い部分がその人の人生を想定外のとんでもない姿に破壊してしまうようだ。権力に弱い人、酒に弱い人、賭博に弱い人、色ごとに弱い人。まあ、俺は未亡人に弱かった。

子どものある、一人で生きている女。

うちの母親のせいだろう。うちの母は二十代で一人になってしまって、息子たちを育ててくれたんだ。戦争と貧乏の中で生きてきた俺たちじゃないか。人生、生きてたら、最近のように豊かだというご時世だって、男があくせく稼いでも、家族を食べさせ、服を着せ、何不自由なくちゃんと養ってやるのは大変じゃないか。あの貧しかった時代に助けてくれる親戚もなく、女手一つで家族を養ってきた母の苦労はどれだけのものだったか。

「おかあちゃん、学級費、持って来いって」って、俺が慎重に話し出すと、「うん、うん、そうだね」口では快く答えながらも、茫然とした表情で焦点の定まらない視線を遠い空に向けている、あの寂しそうな姿を俺はいつも心から消すことができなかった。

俺はどこででも、たとえ地下鉄の中でも人の表情や態度を見さえすれば、一人で苦労しながら暮らしている未亡人をすぐに見分けることができるんだ。うちの母が見せた表情や身振りと全く同じなんだよ。だから、年が俺より上でも下でも未亡人に見える女はみんな母のように思えて親しみも湧くし、可哀そうでもあるし、そのまま放っておくことはできないんだ。

今までいろんなおばさんたちを助けてやったよ。十分な助けにはならなかっただろうが、俺なりに誠心誠意、尽くしてね。そうしないと、俺の気持ちが収まらない。

学生時代に家庭教師の口を見つけたんだけど、未亡人が一人で小さな紙屋を切り盛りしながら息子や娘、四人を育てている家だった。それで家庭教師のバイト代は受け取らずに、ただ三度の飯をいただくことで四人の子の勉強を見てやることにした。

おかげで俺の成績は目茶苦茶になったよ。長男を名門高校に合格させた後は「これからはお前が兄弟の勉強を見てやれよ。難しい問題があったら、俺んとこ、訪ねてこい」

そうやって押し付けて解放されたんだ。そうしなかったら、俺、大学、ちゃんと卒業できなかったと思うよ。

自分の母親のように思っちゃって、前後の見境なしに同情したんでは、俺自身が相当な犠牲を払うことになるという人生の法則みたいなのを、その時ちょっと悟ったけど、それでもやっぱり、焦点の定まらない目をして茫然自失、ため息まじりの女を見ると、もうすっかり俺の立場も身の程も忘れてしまうんだ。それこそ、まさしく俺の弱点だった。

今回、結局ああしたことになってしまった女も、去年の今頃、電車の中で出会ったんだ。夜遅い時間だったのに、電車の中は乗客でいっぱいだった。俺の向かいの席に座ってた五歳くらいの女の子が母親にひどく駄々をこねてたんだよ。不細工でみすぼらしい身なりだった。娘も、二十代後半くらいに見える母親もね。

家にいたらきっと寝床に入る時間だったから、幼い子は眠いし、座席は居心地悪いし、で、駄々をこねているようなんだが、その駄々をこねる格好が、まったくもって、俺もウンザリって感じなんだ。母親は初め、なだめているようだったけど、ある瞬間から急に発狂したみたいに、「黙んなさい、黙れ」って。

悲鳴のような声を張り上げ、娘のほっぺたをピシャッ、ピシャッと打ちはじめたのさ。その母親の目には、自分の苦しい立場以外には何にも映らない。未亡人だったんだよ。子どもが足を踏み鳴らし、大声で泣き叫んだ。「お母ちゃん、私、お漏らししちゃった。ウンチしちゃったの。お母ちゃんが叩くから、私、下痢しちゃった」

これ以上、ただ見ているわけにはいかなかった。

ぱっと席を立って二人のところに行った。子どもを抱っこしてやり、その若い未亡人を促して次の駅で降りたんだ。地下鉄の駅のトイレに連れて行って子どもの服を脱がせて体を洗ってやったよ。子どもは俺がまるで本当の父親かおじいさんのように、すっぽりと抱かれていた。

そんなふうにして出会ったんだが、しばらくの間は何事もなく、いい付き合いだった。経済的にも俺が何か助ける必要もなかった。市内の飲食店で働きながら、ひと月の生活費は十分稼いでいたからな。場末の安い部屋を間借りして娘と二人だけだったから、大きな金を使うこともなかったし。

俺はただ、ひと月に一、二回、日曜日に妻には山登りしてくるって嘘を言って、彼女の部屋を訪ねていった。彼女が作ってくれる豆腐チゲみたいなのでお昼を済ませ、一日中子どもに勉強を教えてやった。数の数え方とか、ハングルの読み方のようなのをね。

そうこうするうちに、その若い母親にも必要なものがあるってことが分かったんだ。男だよ。あそこでさっと終わらせて戻るなり、どっかでまだ結婚できないでいる農家の青年でも一人見つけてきて結婚させるとか、そうしなきゃならなかったんだけど……。俺がとんでもない失敗をしちゃったんだよ。


キム・スマン氏は酒気を帯びて赤くなった顔をその大きな掌で一度こすり、話を終えた。

「何でまた、離婚まで……」

「尾っぽが長けりゃ、捕まっちゃうものなんだね。うちのやつに現場を押さえられちゃったんだよ。うちのやつが言うには、俺の性格の弱点を理解して赦してあげようと、どんなに努力しても、安普請の間借りのみすぼらしい布団の中から這い出してきた二人の裸を思い出すと、自然にギリギリと歯ぎしりが始まるんだと」

「それで、それじゃあ今、その若い女と暮らしてるのかい？」

「逃げられちゃった。子どもを実家の母親に預けて、日本の何とかいう料理屋に行ったって」

「これからどうするつもりなんだ？　一人で暮らしてはいけないだろうし」

「いや、これから本当にやるべき仕事が出来たじゃないか。わが家の〝未亡人〟のために一生懸命金を稼いで送ってやること。それで最近、仕事に対する意欲がぐっと湧いてきてるんだ、ハッ、ハッハ」

（一九八一年）

## 偽物と本物

——全羅北道益山《チョルラブットイクサン》で

全羅北道益山で女性が生活苦を悲観して親子心中を図った。警察は、「生活が苦しい。投資の失敗で大変だ」という内容の遺書と燃え残りの熾し炭を現場マンションの一室から発見した。Aさん三十五歳、息子七歳、娘二歳が練炭ガスに窒息して倒れているのをAさんの夫が発見して警察に通報した。

Aさんの夫は、「妻に電話しても出ないので家に来てみたら、家族が倒れていた」と話した。

通報直後、Aさん等は全員病院に移送されたが、息子は死亡し、Aさんは重体、娘は比較的状態が良好ということだった。

警察は詳しい事故の経緯を調査している。Aさんは最近、夫と離婚手続きをすることで合意した後、現在別居中であることが分かった。

二〇一四年三月五日　「益山ニュース」

―申し訳ありません

二〇一四年二月、ソウル松波区石村洞《ソンパグソクチョンドン》のある住宅の半地下の部屋に住んでいた朴某さんが二人の娘と命を絶つ前に大家に残したメモ。

大家さん、申し訳ありません。最後の家賃と光熱費です。本当にすみません。

封筒の中には現金五万ウォン札が十四枚、計七十万ウォンが入っていた。八年間共に暮らした大家の任某さん（七十三歳）夫妻に残したものだった。母娘三人は毎月二十日に月の家賃と電気、水道、ガス料金等を払ってきたが、八年の間一度も欠かしたことがなかった。補償金の五百万ウォンもそのままだった。三十八万ウォンだった家賃の月額が去年の一月から五十万ウォンに上がった。光熱費は毎月二十万ウォン程度だった。上がった家賃と光熱費は母娘三人世帯に小さくない負担となっていた。

任さんは「家にテレビがついていたので、いるとばかり思って電気代の請求書を渡そうとドアを叩いたが、反応がないのでおかしいと思って警察に通報した」と言い、「壁紙がはがれて古くなっていたので、新しく張り替えてあげますよと言っても、ご負担をかけますから結構です、と断るほど善良な家族だったのに、本当に残念だ」と後が続かなかった。

母娘三人は二十六日午前八時三十分頃、自宅の壊れたベッドとその側で冷たい遺体となって発見された。朴さんはベッドに、二人の娘は床に横たわっていた。ベッドの脇には燃え残りの熾し炭一つが銀色の鍋の中に置かれていた。窓とドアの隙間は煙が漏れ出さないようにガムテープで塞がれていた。部屋の隅の紙箱の中では、母娘が飼っていた猫も一緒に死んでいた。朴某さん六十一歳、長女三十六歳、次女三十三歳。朴さんは十二年前に夫が膀胱癌で亡くなった後、食堂で働きながら一人で生計を立ててきた。長女は糖尿病と高血圧の症状がひどくて仕事ができなかったし、下の娘は時々アルバイトをしていたものの定職がなかった。

松波警察署は朴さん家族が二十日、町内で一つ六百ウォンの熾し炭を二つと千五百ウォンの炭を一つ買っていることから、その頃に生活苦を悲観して心中したものと見ている。長女は糖尿病と高血圧で苦しんでいたが、金がなくて病院にも満足に通えなかったのが明らかになった。現場には長女が血圧と血糖値を自分で記録した手帳が発見されたが、病院で診療を受けた記録はなかった。二人の娘はクレジット・カードの代金が未納で、債務不履行の状態だった。朴さんは先月、右手を怪我して食堂の仕事ができなくなった後、生活苦が更にひどくなったが、死ぬ直前に家賃と光熱費を残すなど、大家夫妻には迷惑をかけたくないと思っていた。貧しい家族の悲しい心中だった。

（二〇一四年）

# Ⅳ　エッセー

私が会った神様（二〇〇四年）

# 私が会った神様

## 告白する理由

無神論者だった私が神様を信じるようになったのは、ひとえに神様の直接的な恩恵のお蔭である。人間が神様を求めるのではなく、神様が人間に近づいてきて助けて下さるという事実を証言せざるを得なくなり、本書を書いた。

全く意外にも私が、大いなる神様の恩恵を初めて受けた頃の話を記そうと思う。

一九八一年四月二六日未明、神様が私の霊眼を開いてその白い手で私のみぞおちをお撫でになり、「誰だ?」という私の問いに、明らかに韓国語で「神だ」と答えて下さる体験をした。

その年十二月のある日の早朝、朝のお祈りの準備をしていると、私の霊魂が肉体を離れて真っ暗な状態、つまり天(霊魂世界)を非常な速度で飛んでいく経験をした。

一九八二年十一月下旬のある日の午後、神様の声で「キリストの命令だ。インドに行って伝道せよ」と私におっしゃった。

一九八三年十月のある日の午前、シェラトン・ウォーカーヒル・ホテルの一室で、復活して生きておられるイエス・キリストの全身が私の脇に出現された。

こうした様々な体験をするようになるまで、そして生きておられる神様を知った後に気づき、変化した私の考え方について話すことが、私の告白になるだろう。

私の体験が多少特異なために、私の話を聞いた人で特に信仰のない人からは、「小説家の作り話だろう！」と言われるほど、告白はいつも難しい。精神異常者扱いされながら、告白するというのはそう容易なことではない。

使徒列伝の、パウロがダマスカスに行く途中でイエス様が現れたという体験を話したら、フェスト総督が「お前は気が狂っている。博学がお前を狂わせている！」と叫んだという聖書の言葉がなかったなら、おそらく私は神様に会った体験を私ひとりの胸の内に大切にしまっていただろう。

「パウロが狂人扱いされながら告白して回ったのなら、私も狂人と言われてみよう」、そのように勇気を奮い立たせてあちこちで告白してみた。

しかし、あるキリスト教放送局で告白して退席するとき、担当の牧師がそっと「神様は人間には見ることができないとなっているが……」とかなり疑わしそうな表情を見せたのには、内心怒りを感じた。ヨハネ書に、「いまだかつて神を見た者はいない」「もし私たちが互いに愛しあうなら、神は私たちのうちにおられる」という言葉のためか、神様は見ることができない存在なのだと説教する牧師は、私をこのように疑わし気に見ていたのだ。神様を心でのみ信じるという意味に「信仰」の意味を限定させているようだ。私は放送局の司会者にそっと、「牧師さんに、マタイ福音書の第五章第八節を見て下さいと言っていただけませんか」と告げて出てきてから、すぐに後悔した。「心の清い人たちはさいわいである、彼らは神を見るであろう」というイエス様の有名な山上の垂訓の一節があり、まるで私が心の清い人なので神様がその姿を私に見せて下さったと自慢する風になってしまったからだ。「人間は神様を見ることができるという聖書のお言葉があるじゃないですか！」と聖書の教えを思い起こさせようという意味の言葉だったが、出すぎた生意気なことを言ってしまったとかなり後悔したものだ。むしろ、大罪人の前に神様が直接出てこられたと考えるべき話なのだ。パウロもイエスを信じる人を捕まえては殺そうとした大罪人だったが、その狂人のような熱情的な心を正しい方向に向けて使うようにイエス様が直接現れたと見るべきである。そのように、私もまた自らは救い難い大罪人なので、神様が直接現れたと見るべきなのだ。

もっとも、立場を換えてみれば、神様に会ったという話は異常と言わざるを得ない。

私が無神論者だった頃、神様の助けで病気が治ったという話を聞けば、「宗教を売りものにして金を稼ぐ詐欺師の手先」だと心の中で相手を軽蔑し、「宗教というものは倫理的な生活をしようという社会的運動でしょう」と、物柔らかに押しのけたことを思い出さずにはいられない。「神様、人間のことは人間同士で何とかしますから、神様は黙っていて下さい」という、フランスのある詩人の詩の一節が気に入っていた私だった。もし一緒に飲み屋通いしていた友人がある日急に「俺は神様に会った」と言ったなら、私もまた「気が触れちまったのか。酒に溺れて、結局狂っちまったんだな」、そう言っただろう。だから、私の告白を聞く人々が見せるとても複雑な表情に対して私はただ、「それも当然だろう！だけど、どうかわたしを狂人扱いしないでくれ」と、そんな思いで耐え忍ぶだけだ。

しかし、自分なりに神様を体験した信仰の篤い方々は、告白する私の姿を見ながら、「もう一人新入生が増えたな！」と喜ぶ気持ちが起きるようだった。類類相従（類は友を呼ぶ）こそ、天の世界の永遠の法則である。酒が好きな人々同士が互いに喜びあい、抱きあって飲み屋に行くように、信仰をもった者同士の互いの告白は神様に向けた信仰をより確固たるものにしてくれる効果があるようだ。

結局、お互いに集まって暮らすようにするのが、来世で天国に行って実現すべき私たちの運命なので、イエス様が最初の命令として、「お前の体と心と志を尽くして神様を愛せ」と教えられたと気づくようになる。神様のような心をもたなければ、神様らしくなければ、世の中を開化できないだけでなく、死んでも神様の明るく創造的な国で永遠に暮らせるようにはなれないからだ。

信仰の始まりと終わりは、この「類類相従」という宇宙の法則のためなのだ。「イエスを信じよ」と勧める理由は、心の痛みなしに永遠に暮らす運命になろうと勧めることだ。聖書の勉強をしようと勧める理由は、神様の考え方をあなたも持とうと勧めることなのだ。良いことなので勧めざるをえず、それで狂人と言われても、「人間には肉体と分離される霊魂があり、人間を愛し、判断される神様がいらっしゃる」と、私は四十歳になってようやくわかったことを一度は証言せざるをえないのだ。

## 私の生いたち

神様を知るようになって解決できた最も大きな人生の問題は、死の問題だった。

生きてきながら、存在に対する数多くの疑問で憂鬱だったが、中でも特に暗澹たる問題は、人が死なざるをえない存在だというものだった。次のような事情のため、幼い頃から人間の死ほど私を苦しめる問題はなかった。

一九四一年日本の大阪で生まれた私は、光復があった一九四五年に帰国し、母の故郷である全羅南道《チョルラナムド》順天市で成長した。一九四八年、私が八歳で小学校一年のとき、麗順《ヨスン》事件が勃発した。麗水《ヨス》に駐屯していた国軍十四連隊が赤化し、土着の南労党とともに麗水、順天《スンチョン》などを占領して赤化活動を始めるや、鎮圧軍が包囲して討伐した事件である。この事件で、右翼だ左翼だのと大勢の人が銃殺された。三十代初めだった私の父も、その事件の渦中で亡くなった。

大勢の人が死んでいく時代だったため、悲しがる余裕もなく、恐怖心しかなかったが、人間は死にうる存在だという事実が、切実な私の人生問題になってしまった。なぜ人間は生まれるのか。一度生まれたら、永遠に生きるべきではないのか。死んでなくなるなら、敢えて生まれないことが正しいのではないか。そんな考えに私は押しつぶされた。一方、左翼とか右翼とかに分けて互いに殺し合う理由は、考え方が違うからだというのが大人の説明である。考えが違えば、互いに殺すのが人間だというのか。良い考えとは、人々が生きられるように助けるべきだというものなのに、人を殺すべきだという考えは結局、悪い考えではないか。一体、どういう考えが最も良い考えなのか。

その三年後、私が十一歳だった小学校四年のとき、二人の弟の下で一人しかいない三歳の妹が、ひどい熱病で急に亡くなった。私がいつも負ぶって歩くほど愛していた妹が死ぬと、死という人間の条件に対して哀しみを通り越し、気が狂うような怒りすら感じるのだった。ようやく言葉をいくつか覚え、「兄ちゃん、ごはん」と言っていた幼い妹、寒い冬の大地に埋められた妹のことを思うと、どこにいようと、私は涙があふれた。なぜ愛する家族が永遠に一緒に暮らせないのか。これほど虚しいことが、どこにあるというのか。いつか死んでしまうなら、どんなことであれ、何かをなすことに何の意味があるというのか。

妹が死んだ後、私は順天中央教会に通い始めた。人が死んだら天国に行くという教会の教えに何らかの望みをかけて本当に一生懸命礼拝に参席した。

妹と父のために祈り、一人残されて幼い子ども三人の子育てに苦労している母のために祈った。休み中には明け方の祈祷にも参加し、普段は夕食後に弟たちを連れて色々な讃美歌を歌って勉強したものである。信仰生活のお陰で比較的まじめな少年時代を過ごすことができた。中学、高校の生徒会長に選ばれてバレーボールの代表選手になったり、校誌の編集もして後悔のない少年時代だった。

しかし、いくら牧師様の説教を一生懸命聞いても、人間が死んで天国に行くという事実は、何か実感をもって信じられないのだった。死ねば大地に埋められるのに、天国に行くとは一体どういう意味なのか。霊魂が行くというが、一体霊魂とは何なのか。マリアという全くの処女が男との交接なしにイエスを生んだというが、一体ありえる話なのか。男との交接なしに子どもを産めるとしても、それがなぜそんなに重要なのか。男と女の間で子どもを産むことが、そんなに罪なことなのか。イエス様が死んで三日ぶりに復活されたというのは、一体どういうことを意味しているのか。復活して弟子に会ってまた天国へ行かれたというが、こんな童話のような話を果たして信じてもいいのか。また信じるにしても、私と何の関係があるのか。イエス様は、「誰かがお前の右のほほを殴ったら、左のほほも差し出せ」と教えられるが、さて、喧嘩しないということは可能だが、左のほほまで差し出すというのは私にはちょっと無理な話だ。こうした調子の疑問から少年時代の私は離れることができなかった。

そして、教会に通うのをやめて不可知論、または無神論者に変わったのは高校二年の冬休みのときだった。

聖書に対する不信

教会に一生懸命通いながらも、高校二年になるまで私は一度も聖書を完読できなかった。

新約聖書の共観福音書だけをよく読んで、牧師様が説教で指摘されたお言葉などを読む程度だった。名目はクリスチャンだが、聖書を一度も完読していないということが、内心いつもひけ目を感じていた。来年高校三年になったら、大学入試の準備のために時間がなく、あのぶ厚い聖書を読む余裕はないはずだ。それで、二年の冬休みが始まると、他のことはすべて後回しにして、聖書を完読することにした。約二週間で、創世記の第一章第一節からヨハネ黙示録の最後のアーメンまで、もれなく読むことができた。

だが、聖書を全部読んでみると、むしろ以前はなかった大きな疑念に陥った。神様に会った人々が自分の会った神様がして下さったお言葉を記録し、私たちに伝えてくれたのが聖書である。でも私としては、全宇宙の永遠である神様が人間の声で、特にイスラエルの特定の人にイスラエルの言葉でお話されたという事実は肯定しがたいことだった。そうか、聖書というのは、イスラエル民族の歴史の本だったのだなあ。イスラエルの建国神話の権威付けのために、神様を引っぱってきたんだな。それなら、私たちにも檀君《タングン》神話という立派な建国神話に、神様の権威をつけ加えるのは当然のことではないか。結局、聖書を信じて教会に通うというのは、イスラエル民族の独善的な優越感に、私たちがわけもわからずに拍手しているにすぎないのではないか。そんな疑念が深まったのだ。

特に、神様が個人に人間の言語で話をされたという事実を、私は到底認めることができなかった。高校二年の頃、雑多な読書で科学的なつもりだった私としては、神様というのは宇宙を創造した特殊なエネルギーで、私たちが便宜上擬人化して神様と呼んでいるのではないか、そんな調子で考えていたのだ。

聖書はイスラエル民族の歴史の本と規定してからは、私とキリスト教は何の関係もなくなった。ソウルに出て大学に通っていた頃は、セムンアン教会で一度礼拝したきりだった。ソウル大学仏文科の学生時代には、当時流行していた実存主義、特にサルトルとカミュの無神論的実存主義を耽読し、ヨーロッパのヒューマニズムに傾倒した。大学二年のとき、『韓国日報』新春文芸に小説が当選し、いわゆる作家になってみると、一九六〇年代の目茶苦茶なわが社会を文学作品で描写するにはむしろ相対的価値観のほうがより正しい基準になりうるようだった。女性は体を売らざるをえず、男性は詐欺師にならざるをえないという生活状況の下で、教会の教えはそれこそ口頭禅に過ぎないと思った。

二五歳の若さで東仁文学賞を受けるなど文学的な成功を収めたが、私個人の生活は彷徨をくり返していた。聖書によれば、神様がすべての個人に「財を得る能力を与えた」というお言葉がある。全ての人に一つずつ素質と才能を下さったので、その仕事を天職と受け入れて生涯その道だけを歩めば成功できるという神様の教えを不信心者はあまり受け入れない。状況と成りゆき、好奇心と欲心に従って職業もよく変え、仕事もいろいろやって彷徨する。一見すると、暮らしは派手で面白く見えるが、残るのはむしろマイナスだけだ。私もやはりそうだった。私は小説を書いて映画のほうに方向を変えた。小説だけでは到底生計を維持できなかったし、また映画のほうに素質があるようだった。映画監督をするのを見ていた新婚の妻は、映画界の自由奔放な雰囲気を見て積極的に止めに入った。遠からず、私が浮気するに違いないと思ったようだ。大衆映画賞、脚本賞ももらい、私が監督した金東仁《キムドンイン》原作の小説『いも』がスイスのロカルノ映画祭で相当な評価を受け、フランスのル・モンド紙に大きく紹介されたりもして、映画のほうにかなりの意欲と自信をもって突進していたが、妻が必死に反対し、映画監督という職業を辞めざるをえなかった。映画の脚本なら家の中での単独作業なので浮気の心配はないと判断したのか、妻はその仕事は許可した。仕事が「冬の女」「ヨンジャの全盛時代」「将軍の髭」などのシナリオ書きに後退し、映画監督を辞めさせた妻に対する不満が長い間くすぶっていた。原稿を書くだけでは生計を維持することができず、私は遂に月刊誌『セムト』社の編集部長になった。

しかし、息子二人が生まれると、その間しばらく忘れていた死の問題が私の心の底にどっしりと居座り始めた。長男が生まれるのを待つ間、落ち着かなくて夜遅い病院の廊下をうろうろしていたが、私の顔の特徴に似た子が産室から出てくるのを見た瞬間、世界のすべての父母がそうだろうが、生命に対する深い感動、存在の神秘な位相の前で至極の讃嘆とほぼ絶対的な自我脱皮の謙遜を感じた。このように偉大な誕生なのに、なぜ人間は戦争をし、互いに殺しあうのか。なぜ嫉妬し、批判し、互いに傷つけあうのか。人間は本当に永遠に生きるべき高貴な存在なのに、なぜある日急に死んでいなくなるのか。乳飲み子を見て、結局思い浮かんだのは死の問題だった。いつか私たちは死んで永遠の忘却の中で、まるでいなかったように散らばり、「ないこと」になってしまうのか。生まれて愛するということに、どんな意味があるのか。子どもが愛らしければ愛らしいほど、死による虚無感はより一層深まり、確固として心の奥底を占有するのだった。この虚無感は私の人生の大きな部分を占め、いつも私にくっついて回った。

## 酒に頼って

一九七〇年代に維新時代が始まると、私にも予想外の事態が数多く生じた。大学の同窓でかなり近しい友人の金芝河《キムジハ》が「五賊」という風刺詩を発表して執権層を批判した。これに関連して多くの文人が集結して維新撤回の請願運動を展開すると、維新当局は金芝河を共産主義者と規定し、逮捕しようとした。逃げていた金芝河は、最後に私を訪ねてきて、「もうこれ以上隠れてはいられない。多くの人が私の所在を教えろという当局の要求に苦しめられている。朴正熙は私を殺すつもりのようだ。明日、私は自首して南山《ナムサン》（中央情報部）へ行くので、君は外で文人を集めて私の救命運動をしてほしい」と語った。

彼は南山へ向かい、私は朴泰洵《パクテスン》、李文求《イムング》ら多くの文人を集めて金芝河救命運動を展開した。韓勝憲《ハンスンホン》弁護士、黄仁哲《ファンインチョル》弁護士を立てて裁判のときはいつも私が弁護側の証人になり、法廷に立って「金芝河のふだんの言行から見て、アカではない」と証言したりした。この事件の過程で、韓勝憲弁護士は法曹界から追放され、私には監視がついた。文学者には本当にひどい維新時代だった。情報員の監視の中で、不安のために文人たちは酒量だけが増えた。私もまた先天的には飲めない酒に頼るようになった。文人の友と酒を飲んでいるときぐらいしか不安を紛らわすことができなかった。維新時代が永遠に続いて監獄に行く人はますます増えるだろうと思われた。そんな中で、とても親しかった友人三人が酒のためにたて続けに亡くなった。映画監督の李晩熙《イマンヒ》先輩と映画撮影技師の張碩俊《チャンソクチュン》さん、そして大学の同窓だった映画監督の河吉鍾《ハギルジョン》さんが、わずか数カ月の間に亡くなったのだ。よく一緒に飲みに行った友人たちなので次は私の番かと思いながら、深い虚無感に陥っていった。

一九八〇年に

一九七九年一〇月二六日、朴正熙大統領が殺された。最も信頼していた金載圭《キムジェギュ》中央情報部長に殺されたという事実は本当に凄絶で、劇的な事件と言わざるをえなかった。

絶対権力をもって国民の上に君臨していた二人の巨人。しかし今思うと、歴史を動かす、ある超越的な力が朴正熙と金載圭の二人をまるでおもちゃのように使っていたと感じるようになった。独裁者を彼の腹心が除去し、その腹心もまた除去されるという劇的な現実は、国民に虚無感と神秘感を同時に抱かせた。逆説を通じて人間の無意味さを悟らせる歴史的事件がどれほど多かったことか！　歴史を動かすのは人間ではない。そうした悟りを得る事件であった。

野党を弾圧して多くの知識人に反体制分子の烙印を押し、二〇年間構築してきたそれなりの秩序と体制が一瞬にして崩れてしまった。体制内で利益を得ていた階層は偶像を失い当惑して恐ろしくなり、民主主義を叫んで苦難に耐えていた階層は勝利を感じて熱狂した。だが、一方では超越的かつ厳正な歴史の運行を確認してやはり神秘的な恐ろしさを感じたのだ。

私は朴正熙大統領に対して両面的な認識をもっていた。大学一年時、四・一九に参加した私としては、その翌年の五・一六クーデターにより、わが国が東南アジアや南米など政治的な後進国に過ぎなかったという虚脱感で胸が痛んだ。たとえ経済的には貧しくても、わが国民の政治意識だけは先進的民主主義の国民と変わりがないと考えてきたのに、軍隊が一朝にして静かに民主主義を爆殺してしまったのを見て、深い劣等感を私は感じた。四・一九で民主主義を初めて実現した国民の自尊心を毀損し、国民を貶めてしまった低劣なヤクザと、私は朴正熙将軍を規定していた。それでも、民選大統領として出馬したとき、私は学友たちとは反対に朴正熙将軍に投票した。私には、当時いわゆる民主主義を主張する政治家が、米国の援助物資を掠めとった経歴の持ち主の商売人としか思えなかった。田舎っぺの私には、むしろ朴正熙の愛国心のほうが擦れっからしの政治家よりはマシなように思えたのだ。一九七〇年代の維新時代にも、朴大統領に対する二つの相反する評価が、私の最も大きな悩みだった。漢江《ハンガン》に次々と新しい橋がかけられ、高速道路ができて続々とマンション団地が建つなど、目覚ましい経済建設を目にして朴大統領の推進力を尊敬しながらも、一方で野党を弾圧して文化活動を制約し、地域感情を助長して独裁を強化していく面では政治家ではなくマフィアの親分のようであり、嫌悪感がぬぐえなかった。

ともあれ、朴大統領の殺害事件によって私は一息つくことになった。民主化されるだろうし、そうすれば金芝河詩人も釈放されるだろう。この一〇年間、私の三〇代は金芝河に約束した救命運動に、わが心のすべてを捧げてきた。しかし、何ら得るものもなく、金芝河は一〇年目の監獄暮らしで、私の境遇も疲弊していくだけだった。だが、ようやく希望が生まれたのだ。

民主化が進行していた一九八〇年代初め、私は『東亜日報』に連載小説を書くようになり、その初稿の執筆をはじめた。一九七七年第一回李箱《イサン》文学賞を受けた小説一編を書いた後、小説は全く書けなかった。やっと新しい世の中になったので、小説家である私も本来の私の立場に戻って小説をたくさん書いていこうと決心し、久々に新聞連載の準備に邁進した。しかし、思いもよらず、光州《クワンジュ》事態が勃発した。

空挺部隊が突然光州に行って街頭で民間人をむやみに虐殺したという事実は、どうしても理解できない事件であった。朴大統領の腹心が犯した腹いせの狂気という以外には思えない、本当に驚愕を禁じえない事件だった。直ぐに、いわゆる新軍部による政権奪取の手段だったことがわかったが、軍と民を敵対関係にしてしまう、そうした執権手段というのは、本当に理解不能なばかげたことであった。全国民が憤怒した。私もまた、じっと座って小説を書いているわけにはいかなかった。ある晩遅く、酒に酔ってアパート全体が割れんばかりに、「神様、こんなことがありますか」と、大声で叫んだ。神様を信じてもいないのに突然、神様に訴える叫びが自然に出てきた。

『東亜日報』に連載小説が掲載され始めたが、憤怒と衝撃のために小説がうまく書けなかった。軍の検閲で数行ずつ削られもした。維新時代の若い知識人たちの話なのでそのまま書きつづけていたら、私と新聞社の立場は困ったことになってしまった。そして連載一五回で、小説の連載を中断してしまった。

釈放されるだろうと期待していた金芝河も釈放される気配はなく、獄中生活が続いていた。ある日、順天郷病院の前の〝秋〟という飲み屋で、大学の先輩の李英一《イヨンイル》氏（前民主党スポークスマン）と会うことになった。李先輩は当時国家保安委員会の委員で、全斗煥《チョンドファン》政権の樹立に加担していた。私は李英一先輩を問い詰めた。

「もう、金芝河を釈放して下さいよ。保証人をたてて保障しますから、まず釈放して下さい。金芝河が私にこんな話をしたことがあります。独房に三年もいたら、精神異常の症状が生じない人はいないというんです。その点が最も心配です。もう何年目ですか。私のような者でも保証人として認めてくれれば、私が保証人になりますから、釈放されたら政治活動はさせませんから、どうか釈放して下さい」

学生時代から金芝河をよく知っている李先輩は、私と別れるとすぐに許文道《ホムンド》氏を訪ねていった。許文道氏は全斗煥将軍の秘書として、政権創出の主要人物だった。李英一先輩の勧告を聞き、彼らは池学淳《チハクスン》主教らの保証を得て金芝河を釈放した。金芝河が釈放されたので、私は私の維新時代が終わったという安堵感を味わった。

## 私に来られた神様

『東亜日報』の連載小説の中断で、最もつらい思いをしたのは妻である。収入がなくなったのだ。ここ数年、わずかな印税と小さな家に移って何とか頑張ってきた。ようやく夫が自分のすべきことを見つけて希望がもてたと思ったら、筆を折ってしまった。絶望的な事態に違いなかった。夫はまた酒ばかり飲んでいるし……。

ある日、妻は教会に通い始めた。天のように信じていた夫が信じられなくなったので、神様を信じてみようと教会に通っているようだった。私は神様が本当にいるなら信じるが、いもしない神様を信じるなんて、時間の無駄だと思っていた。それでも妻が教会に通うのを止めはしなかった。教会で何か慰めでも得られるなら幸いだ、そう思っていた。

ところが妻は、私に伝道を始めた。夫が頑固で妻の話を聞く人ではないとよくわかっていたので、他の人を連れてきて夫に伝道を始めたのである。妻の招きで、ある夫婦がわが家にやって来た。ニューヨークで暮らしているが、安息年の休暇を取って故国に戻ってきたという。夫のほうは見覚えがあった。学生の頃、キャンパスでよく見かけた顔だった。学生時代も髭を生やしていた特徴のある顔である。正式に挨拶を交わすのは初めてだったが、その人も私の顔に見覚えがあった。夫はパン・ギュファン氏、奥さんはキム・ソンハン氏だった。

この夫婦はニューヨークの純福音教会の篤実な信者であり、韓国を訪問したついでに、私一人だけでも入信させようと決心した面持ちで、毎週日曜日になるとわが家にやって来ては教会に行こうと誘うのだ。散歩のつもりで一緒に教会に行き、礼拝後には酒をおごってくれるというのだった。

再び外国へ戻っていく人なので、おつき合いのつもりで彼らについて教会に行った。汝矣島《ヨイド》の純福音教会だった。純福音教会に対して、私はあまりよくない先入観を持っていた。一九六〇年代半ば、新婚時代に私はカルヒョン洞に住んでいたが、ソウル市内に出入りするとき、バスは西大門《ソデムン》を通り過ぎる。当時、純福音教会は西大門にあった。その教会では信者が泣きながらお祈りをし、手を叩いて讃美歌を歌い、牧師は病人の病いを治すというのだ。子どもの頃、敬虔で厳粛な長老教会に通っていた私としては、この純福音教会はまさに異端だ、そう断定していたのだ。そんな「異端の教会」にわざわざついていき、座っているのは具合の悪い事この上なかった。チョ・ヨンギ牧師の肯定的な考え方の講義のような説教は聞くに値したが、「信者のあれやこれやの病気が治りました」と宣言するときは、何か巫女を見るような不信感が蘇ってくるのだった。讃美歌は全部よく知っていたが一緒に歌わず、お祈りのときも私は目を開けて座っていた。神様なんていないと信じる私に教会は、ばかげた狡猾な者の社交場以外の何物にも見えなかった。どうしても教会について行きたくない日曜日には、私はその先輩夫婦がわが家に来る前にさっさと外出してしまった。

一九八一年一月からそんな調子で教会に連れて行かれたが、いつしか四月になっていた。すぐに米国に帰ると思っていた先輩夫婦はまだ帰らずに、私への伝道に熱中していた。私のことを神様に繰り返しお祈りしているようだった。予想できなかったことが起きたのは、四月二六日だった。

四月二六日の日曜日、私たちは六部礼拝に参加していた。とにかく信徒の数が多いため、二時間ずつに分けて礼拝をしており、六部礼拝は午後四時に始まって五時半に終わる礼拝だった。牧師様の説教が終わった後、決信者が立ち上がるという番になる。イエスを信じることにし、この教会の信者になろうと決心した人は席から立つというのだ。近くに待機していた教会の役員が決信者にカードを渡し、そこに名前と住所などを書けば信者として登録されるのである。

その日、決信者の番になると、急に牧師様が目をじっとつぶったまま言うのだった。「今、聖霊が私におっしゃるのだが、イエス様を救世主として迎え入れるべき人が、この場に二人いらっしゃるが、まだ立っていないとおっしゃいます」。イエスを救世主として迎え入れなければ、破滅せざるをえない人が二人いるが、頑固でイエスのお迎えを拒否しているというのだ。その言葉はまさに私を指している言葉だと感じ、確信のように強烈に私をとらえた。しかし私はすぐに否定した。ああ、あの牧師様はそんな調子で催眠をかけているのだ。この場に二万人もの人が座っているんだから、まだイエスを信じようと決めていない人は二人ではなく二〇人、いや二〇〇人ぐらいはいるはずなのに、二人と言えば誰もが自分を指している言葉だと思うのではないか。そう考えて、私を虜にする言葉を拒否した。それでも一方では、この数か月間、決信者の時間に牧師様が一度もこういう話をしたことがなかったので、その日は何か「聖霊のお言葉」というものがあるにはあるのかな、それとはなしにそんな風にも思われるのだった。

もちろん、私は立ち上がることはなく、礼拝が終わって教会の外に出た。しかし、しきりにみぞおちの部分がまるでもたれたように苦しく、一つのことに考えが集中してしまうのだった。神様がおられるのか、おられないのか、私にはわからない。この教会では、ややもすれば聖霊がどうのとか言うが、一体聖霊が何なのかも私にはわからない。でも、私が小学生のとき、初めて教会に行って新約聖書に書かれていたイエス様――「敵を愛せ」「誰かが右頰を打ったら、左の頰を差し出せ」と教えるイエス様を見たときの、あの衝撃的な感動は忘れることができない。麗順事件、朝鮮戦争などで数多くの人が敵味方に分かれて殺したり、殺されたりする現実を見てきた私にとって、イエス様のその平和を志向する教えのように美しく崇高な感動を与える教えは他になかったのだ。

私はイエス様を本当に愛していた。家のお使いで二里ほどの人気のない田舎道を歩くときはいつも讃美歌を大きな声で繰り返し歌ったものだ。讃美歌を歌っていくと怖くなくなり、イエス様が私の前で導いてくれるような感じさえしたものだ。教会の門を出ると抑えきれないほど、「幼い頃から今まで、イエス様を本当に愛しているという私の気持ちだけははっきり現したい」という衝動にかられた。礼拝後は先輩夫婦と私たち夫婦四人で汝矣島広場を横切った先の「食堂百貨店」というビルの中で食事をするのが常だった。その日も汝矣島広場を歩いていたが、私たち以外に人影はなく広場はがらんとしていた。日暮れ時だった。私は「イエス様が本当に好きです」という告白をしたい衝動が抑え切れず、天に向けて両手を突き上げ、まるで山に登って「ヤッホー」と叫ぶように力一杯に叫んだ。「イエス様を私の救世主としてお迎えします」、そう叫ぶと、苦しかったみぞおちがすっきりして胸が楽になった。一緒にいた皆は、どうしたの、という表情で私をぽかんと眺めていた。憂うつ症の人がおかしくなったのではないか、そう思ったようだった。

私は冗談だよというように笑ってみせたが、その告白で気が楽になった。もちろん、「イエス様を救世主としてお迎えします」と叫んだが、その意味はイエス様の人格と教えを尊敬して従いますという程度の意味で、神様がいらっしゃると信じるとか、今後教会に通い続けますという意味ではなかった。

その日の夜もいつも通りに夜十二時半まで本を読んで床についた。妻は私の脇で先に寝ていた。ソウルの江南区《カンナム》役所横のヘチョン・マンション四階の部屋だった。蛍光灯を消して眠りに就いたが、たぶん明け方の三時か四時頃、急に目が覚めた。目を開けると、真っ暗闇だった。ガラス窓を通して入ってくる保安燈の光で部屋の中がかすかに見えるはずなのに、何も見えず漆黒の闇だった。「停電かな」、そう思って首を左にまわすと、私の左の腰の上の空間に白い手が、手首までだが、私に向かって見ろと言うように浮かんでいた。

白玉のように白い光で少し大きく、すっと指を伸ばした男の手だった。泥棒か、私は恐怖を感じて体がこわばり、手ばかり見つめていた。眠りから覚めたことに相手が気づけば、ナイフなどでグサッと刺されそうだった。だが、その手は微動だにせず、その場に浮いている。まるで私によく見ろと言うように。玄関の扉など、すべて戸は閉めたのに、この泥棒はどこから入ってきたのか。そう思いながら私はその手をじっと見つめた。もしかしたら私がはいだ布団をかけてくれる妻の手ではないか。しかしその手は力がありそうな男の手だった。そして何よりもその手のつくりはとても美しかった。文句のつけようのない、頼もしいほどに強そうでしっかりした手だった。「何とまあ、完璧な形の手だろう。男の手なら、こうでなくちゃ。ミケランジェロの彫刻のような手だなあ」。感嘆の想いで見ていると、さっきまで微動もしなかった手がピクリと動き、私のほうに注意深く近づいて来るのだった。その近づく速さから感じられたのは、柔和さと謙虚さだった。とんぼを捕まえようとするときのように注意深く近づいてきて、私の下着をめくり、みぞおちの辺りを時計と反対回りでゆっくりさするのだった。おじいさんやおばあさんが孫の腹をさするような、そんな愛に満ちた感じが押し寄せてきた。だが私はまだ泥棒だと思っていたので、その行動が到底理解できなかった。純な泥棒のようだから、それじゃあ捕まえてやろうかと勇気を出して「誰だ」と低く叫び、右手でみぞおちの上のその手を掴んだ。そして、上半身を起こした。すると、異常な現象が起きた。確かに私の手がその手を捕まえたのに、掴んだ手には何ら物質的感触がない。そして、上半身を起こす間に、私の目が再び開くのだった。目を開けて真っ暗闇と白い手を見ていたのに、またもう一度目が開くのだ。その二度目に開けた目がまさに私のいつもの肉眼だった。明かりがかすかについていて物が見え、脇に寝ている妻の姿が見える。そして、前に目で見た暗闇と手は、紙で隠されたようになって見えないのだった。一体どういうことか。私が夢を見たわけでもなく、なぜ目が二度も開くのか。現実の風景の中で面食らってしまったが、右手を伸ばせば届きそうな部屋の虚空から、少し響く非常に太い男の声で、はっきりとした韓国語で、「神だ」という言葉が聞こえてきた。

本当に驚くべきことだった。それなら、あれは神様の手だったのか。

つまり、前に開けた眼は霊的な存在である神様を見るための私の霊眼だったということなのか。物質である肉体の目には物質世界が見え、神様は霊眼でしか見えないのだ。霊眼は私の思い通りに開くものではなく、神様が開くようにしてくれてこそ見えるものなのだ。人間は肉体と霊魂の二つを合わせて存在するのだ。神様はまさに私の内側に存在している。

肉体としては地球上の暮らしをし、霊魂としては神様とともに生きる、それが人間の生なのだ。その二つが調和できなければ病気になり、死ぬのだ。永遠であられる宇宙の神様が、どうして私のようなものをお知りになり、このマンションの部屋まで私を訪ねて来られたのだろう。仰天至極、驚愕した。

汝矣島広場で、「イエス様を私の救い主としてお迎えします」と叫んだからなのか。昨年の光州事態（一九八〇年五月）のとき、「神様、こんなことがありますか」と叫んだからなのか。妻と先輩夫婦が祈祷してくれたためなのか。子どもの頃、教会に通うときからいつも目をかけて下さったのだろうか。ああ、神様が韓国語をお使いになるとは。高校生のとき、聖書を完読してイスラエル語を使われる神様に対する疑念から、聖書はイスラエル人の独善的な歴史書に過ぎないと断定し、私が無神論者になってしまった記憶が生々しく蘇った。神様の人格性、人間の言語で個人に言葉をかけられる神様、聖書を記録された神様を疑っていた私の過ちを正しく覆して下さった。聖書は真実だったのだ。

宇宙がどうやって始まったのか、人間がどうやって始まり、今まで生きてきたのか、いつもとても知りたかったが、聖書の教えは信じられない未開民族の伝説のように見なしてきた。だが、そうではなかった。数千年前、アブラハムに話された神様、モーゼに話された神様、ダヴィデに話された神様が私にお声をかけて下さったとは！　生きる希望を失って家庭問題、職業問題、国家問題などに対する念慮と心配でどうしていいかわからぬ私に、生きていく勇気を下さるためにあなたはお姿をお見せになったのだ！

人間の正不正をすべて見ておられる神様が本当にいらっしゃる。深い愛を持っておられる神様が宇宙の始まりで終わりであるなら、愛することに私たちは何を躊躇うのか。身を焼くほどに愛して生きることを、なぜ躊躇うのか。

愛で審判する方がおられるなら、もはや本当に恐れるものはない。混乱に陥る理由は全くない。私の目から急に涙が溢れ出た。この感謝を、どのように表したら良いのだろう。窓の外は白んでいた。

## 神様の手について付け加えたい話がある

今はオンヌリ教会を担任されているハ・ヨンジョ牧師が、一九八〇年当時ソウルの新村《シンチョン》でトゥランノ書院という小規模な宣教団体をつくり、信徒に聖書を教えていた。ハ牧師の要請で、私はそこで神様から恩恵を受けた告白をしたことがあった。そのとき、ハ牧師がこんな話をしてくださった。

永楽《ヨンナク》教会に参席する、ある年配の勧士が神様の手で恩恵を受けたというのだ。この勧士は、患者の病気を治してくださいと一生懸命お祈りなさる方だが、お祈りの応答として神様が手をお見せになるというのだ。ある患者にはさっと広げた手を見せて下さり、ある患者には握りこぶしを見せて下さるのだが、広げた手は病気がよくなる表示で、握りこぶしは生きられないという表示だという。

私のお腹をさすって下さった神様の手に関する話をしていたら、話がそれてしまった。再びあの日のことに戻れば、私は自分に起きた奇跡のために、あまりに驚いて感激して涙を流し、あれほど知りたかった宇宙と人生がわかった興奮のために夜が明けるまで横にならずにいたが、朝になって眠りに入った。朝九時頃、朝寝坊して起きた私は妻が用意してくれた朝食で、アルコール依存症の習慣通り、ご飯とともに焼酎を一杯口にした。酒の滴が舌に触れた瞬間、青酸カリでもこんなに苦いかと思うほど、酒が非常に苦く感じた。昨日までも、あんなに甘かった酒が毒薬のように苦く感じた瞬間、酒にすっかり愛想が尽きてしまった。そして、その瞬間に悟ったのは神様が差し伸べた手の意味だった。私を治療して下さったのだ！　酒を止めさせてくださったのだ。死んでもいいという気持ちで補薬を飲むように焼酎をあおっていたが、その酒を神様が止めさせてくださったのだ。神様が私のお腹をさすってくださったのを、私は生きる勇気を与えて激励するためだと思ったが、いま思えば、より具体的かつ現実的に酒を一瞬できれいさっぱりと止めさせて下さった。実際、酒に対して少しでも未練が残っていたら、私も先に亡くなった飲み友達のように、すでに目を閉じていただろう。私の健康は急速によくなった。後に聖書の勉強をしながら、神様が人間にして下さる代表的ないくつかのことの中で「病を治療して下さる」という事実を学び、感激を抑えきれなかった。

話が出たついでに、神様が私にタバコを止めさせて下さった話もしておこう。

その頃、私は毎日タバコを三箱近く吸っていた。大学生のときに吸い始めたタバコは年が経つほど吸う量が多くなって一日二箱でも足りなくて、三箱目で何本か残る程度にたくさん吸っていた。一日中、タバコばかり吸っていた。小説家だから、想を練るのにタバコが役立つだろうという人もいるが、タバコこそ疲労感の源泉である。初めの一、二本は助けになるかもしれないが、吸い続けると頭の中はやがて疲労感に染まってしまう。小説を書くためにタバコを吸うのではなく、タバコを吸うために小説を書くふりをして座っているのだ。神様に出会って酒を止めたにもかかわらず、ニコチン中毒は止められなかった。静かな祈祷院に行ってもタバコを吸っていたため、牧師さんに「見えないところに行って吸ってほしい」と頼まれるほどで、いやしくも神様に直接お会いした信者がタバコを止められないでいるザマは、自分でも忌ま忌ましかった。神様が身近におられるのがわかっており、信じて頼れる方は神様だけだ。私の意志の力では止められないので、神様が止めさせて下さい。そうお祈りしながらタバコを吸っていた。神様の手を見て一年ほどしたある日、映画の脚本を書こうと座机の前に座っていると、ある精気に全身が包まれ、口から方言がはじけ出し、全身が耐えられないほど震え出した。そんな状態が十分以上して終わると、最初に目に映ったのは机の上に置かれたタバコだった。タバコを吸わずに我慢できると感じられた。十分、二十分、一時間、二時間……、ついにタバコを止められた。タバコの代わりに口から出てくるのは途絶えることのない方言だった。私の意志でタバコを止めたのではなく、聖霊によってタバコを止めたのだ。特別な御恩のお蔭か、その後私と一緒に仕事をする人はすぐにタバコを止めるのだった。偶然というには、あまりにもそうした例が多く、私も不思議に感じている。

悔い改めの祈りの重要性

一九八一年四月末、神様の手に出会って数日後、私は京畿道《キョンギド》パジュ郡にある五山里《オサルリ》断食祈祷院を一人で訪ねた。

いまは現代的かつ巨大な施設に発展したが、当時は聖殿も大型テントに過ぎない、開拓中の野山祈祷院だった。祈祷院の院長は今は天に召された、あの有名なチェ・ジャシル牧師で、副院長が今はテヘラン路で江南《カンナム》純福音教会を担任するキム・ソングァン牧師だった。ニューヨークの純福音教会の牧師だったが、この祈祷院の副院長に着任してあまり経っていなかった。私を伝道した大学の先輩夫婦と一緒にわが家にも来られ、「祈祷院に一度遊びに来てください。拍手をして讃美歌を歌えば、ストレスも解消していいですよ」。冗談めかして勧められたのだが、私はその祈祷院にぜひ行ってみたかったのだ。祈祷院といえば病人が集まっている不潔なところと見なし、神様を信じない限り祈祷院に行くべき理由が全くないと考えてきたが、生きておられる神様を知ってみると、まず第一に行きたい場所が祈祷院だった。キム・ソングァン牧師は喜んで出迎え、自分が使っていた部屋を私に提供してくれた。

祈祷院ではあちこちに祈祷窟というものを作っていた。一人二人が入って大声で叫び祈っても、他人の邪魔にならない空間を地中に作っていたのだ。

私もその祈祷窟に入って神様に祈るために目を閉じた。一九六〇年にソウル大学に通い始めた頃から私は無神論者になり、お祈りを止めていた。二〇年ぶりにお祈りするのだ。どのようにお祈りすべきかわからなかった。ただ、神様が私たちの中のとても近いところですべて聞いておられるという事実だけは確かに知っている。私は手探りしながら、悔い改めの祈りを始めた。

十戒に照らして罪だと思われる、あらゆる記憶を一つひとつ口に出しながら、「神様、私が間違っていました」、「私はこういう罪を犯しました」と告白した。思い出しては一言、また思い出しては一言、というやり方で二時間ほどお祈りしていると、急にある精気に全身が包みこまれるのだった。そして言葉にならない恍惚たる歓びが全身に満ちてくるのだった。

まるで、歓びという気体が全身を満たしているようだった。その歓びは、どんな生理的な歓びとも比べられないほど恍惚たる歓びだった。そして、世の中のすべての人間がそれほどまでに愛らしく思えるのだった。この歓び、この人間に対する愛の感覚、この恍惚感、これがまさに聖霊なのだ。世の中と人間は生命で満ちているように感じられ、本当に力一杯生きたいという意欲が充満してくるのだった。

その後、意外な現象が生じた。たとえば訪問客に会うと、その人の心が読みとれるのだ。どういう目的で私を訪ねてきて、どういう話をしようとしているのか、事前にわかるのだった。まるで私が占い師になったようだった。人の心中がわかるこの能力、これがまさに聖霊の能力であり、これがまさに最初の人間が罪を犯してエデンから追放される前の状態、すなわち神様と対話できた無罪状態の霊魂なのだ。これがまさにイエスを信じ、「聖霊を受けて罪の赦しを受けた霊魂」の状態なのだ。ひたすらイエスを信じることで得られる「罪の赦し」、まるで汚れた鏡を磨くように罪で覆われた霊魂を磨いて、霊魂の世界を濁りなく見えるようにしてくれる「罪の赦し」。すべての人間をエデンの幸福へと回復させるためのイエスの教えが、いかに重要な教えであるかがわかった。イエスを救い主として受け入れ、自らの罪を神様の前で認めて謝罪することがまさしく、聖霊を受ける秘訣であった。

## 人間の霊魂と肉体が分かれるという現象

その年の十二月のある朝、起きてすぐ朝のお祈りを始めようとしたそのとき、私の意識（霊魂、心、精神）が頭全体を通過して体外へと急速に出ていくのだった。まるでチューブの中から練り歯磨きが出ていくように。体外に出ると真っ暗闇なのだが、その闇の中をまるでロケットのような速度で飛んでいくのだった。体から抜け出た霊魂は曇りなく澄んでいて、清らかでくっきりとしていた。一体、これはどうしたことなのか、体から抜け出てくるとは？

目的地もわからないまま、闇の中を飛んでいくので、これほど心細いことはなかった。そしてようやく、「ああ、これが天の世界へ向かう道なんだ！」と悟ったのだ。

世の中で死にたければここに来たらいいが、ここでは死ぬこともできず、永遠にこの闇の中を飛んでいなきゃならないのかという不安が押し寄せてきた。いや、世の中で犯した罪のために地獄の炎の中に行くのではないか、そんな心配とともに恐怖が押し寄せてもきた。そうした恐怖と心細さを感じていると、次の瞬間、私の意識は再び体内に戻ってきた。ほとんど断絶といえるほどの速度で戻ってきたのだ。

この体験により、私は人間の霊魂と肉体が分かれる現象が、まさに死であることを実感した。そして父の死、妹の死から切実に感じ始めた死に対する実際的な解答を得たのだ。

## キリストの命令

一九八二年十月、私は初めて海外旅行をすることになった。文化広報省が文学者の海外研修プログラムを作成した。文学者九人に引率者として文化広報省の職員が一人、都合十人で一グループを組み、約二週間で三か国を旅行するプログラムだった。現地の文学者との交流という名分が掲げられたが、実際は観光旅行で、貧しい文学者にはまるで奇跡のような破格の行事だった。その当時、国民にとって海外旅行は天空の星拾いのように難しい時代だった。お金持ちでも夫婦一緒の海外旅行はできない制度があった。海外逃避ができないように、夫婦のうち一人は国内に残らねばならない。外貨を大事にするためにも海外旅行は極度に制限された。外国の奨学金を受けることになった留学生や公職者の出張、貿易会社のビジネス、そして運動選手の国際競技への参加などでなければ、パスポートが出ない時代だった。いや、いくらドルを自由に使ってパスポートが簡単に得られる制度だとしても、貧しい文人には海外旅行などは夢のように非現実的なことである。しかし、政府が費用を出して文人に海外旅行をさせるというのだ。全斗煥《チョンドファン》政権が民主化闘争をする文人を懐柔しようとこの行事を企画したのだという噂が広がった。当時、文化広報省の次官だった実力者の許文道氏が現代財閥の鄭周永《チョンジュヨン》会長に費用を負担させ、この行事を主管しているという噂も広がった。そのせいで、デモなどを主導する文人の中にはこの旅行に参加しない人もいた。私が属した一行は小説家のパク・ウァンソ、詩人のホン・ユンスク、評論家のキム・チスなどの十人で、フランスとギリシャ、そしてインドを旅行した。

この旅行は、私にとって本当に意味深い旅行だった。行くのが難しい海外旅行ができたという意味だけではない。キリスト教が作ったヨーロッパとヒンズー教が作ったインドを比較、評価できて重要だったし、この旅行の後、キリストが韓国語で私の畢生の使命をお告げ下さったゆえに重要な旅行だったのである。

パリのサクレ・クール聖堂が建つモンマルトルの丘（「殉教者の丘」の意）は、フランスの地に最初にキリスト教を伝道した方（ディオニュシウス）が斧で首を切られた場所である。首を切られた死体が自らの両手で落ちていた首を拾って歩いていく奇跡を見て、彼を殺した張本人が生きておられる神様の能力に気づき、キリスト教を受け入れたのだ。フランスへのキリスト教の伝播も、わが国の天主教徒の虐殺事件と同様、困難なものだったのだ。

アテネのパルテノン神殿の入り口、使徒パウロがアテネの人々に、あなた方がふだん神だと呼ぶ方がまさにイエス・キリストだと説教した、あの大理石の岩の上に立ったとき、私は感動に震え腹ばいになってお祈りした。一緒に旅行中の一行は狂信者を見るような目で私を見たり、目を背けたりした。このとき私は二千年前の使徒列伝の時代がまるで昨日のことのような現実として、私に近づくのを感じた。「イエスを信じる」というのは、ヨーロッパでも決して容易なことではなかったのだ。イエス・キリストが御自ら証をされなければ不可能なのが伝道のようだ。イエスを信じる人を殺しに行ったユダヤ教の狂信者サウル（パウロの旧名）にイエスが御自ら御姿をお見せになり、そうして汎神論と人本主義的な哲学のギリシャをキリスト教に変化させた使徒パウロを誕生させたのだ。キリスト教を伝播された方は、復活して生きておられたイエス様ご自身だったのであり、世の中の人々の中からお手伝いする者をお選びになるだけである。

インド国民を支配しているのはヒンズー教という汎神論的な宗教である。世の中の万物が神の形象だと信じ、人間それぞれの心を支えうる事物を神と見なし、礼拝して祈祷すればいいと教える偶像崇拝の宗教である。そして、輪廻説を信奉しているのだ。人間が死んだ後、その霊魂は他の人の体を通じて世の中に再び生まれるという説である。その霊魂の業によって、世の中の身分が決定されるという主張である。今貧しくて病んでいる原因は前生の罪業のためであり、いま富裕で健康なのは前生で善なる功を積んだためだというのだ。したがって彼らは、労働することを恥ずかしがる。前生で罪が多かったという証拠を掲げる契機になるからだ。いい服を着て、他の人を奴隷にするのを好む。前生で功が多かった証拠になるからだ。ここでは労働に対する蔑視の風潮が根深く定着しており、この輪廻説は仏教に潜んでわが国にも渡来し、まるで固有の文化のようになったりもする。わが国の人々が運命を信じ、労働を軽視する風潮がこの輪廻説のために形成されたのだ。労働を神聖視するキリスト教と反対の宗教は、人々に現実克服への意志を減退させる。現実の悪い条件を改善しようとする力がない。汚くともそのまま我慢し、掃除しようとしない。毎年、川が氾濫してもダムをつくろうとしない。大地を掘って農作物を植えるより、他人に手を差し出して「積善せよ」と叫ぶことに慣れていく。輪廻説を信じる人々は現実の困難さを直そうとせず、宿命だと受け入れて耐える。死んでまた生まれれば、今よりはいい生活ができると信じる。

一時、インドを支配しているイスラム勢力のためにヒンズー教は僻地の民間の間で何とか命脈を維持していたが、イギリスがインドを植民地化する過程でイスラム勢力を崩壊させるためにヒンズー教勢力を支えてやり、今日のように復興させたという。なくすべき偶像宗教をキリスト教のイギリスが復興させたのである。植民地を「分裂させて統治する」

方式でヒンズー教を復活させたのがイギリスだという。キリスト教によって強大国になったイギリスのしたことは、結局神様を嘲弄する仕業だった。キリスト教は個人であれ、国家であれ、強大にする。その力をもってすべきことはキリスト教の伝道である。倒れていた私が神様を信じることで立ち上がった、だからあなたもイエスを信じて立ち上がりなさい、そう伝えることなのだ。そうして世界を福音化するのだ。だが、イギリスがインドにしたことは経済的な搾取だけであり、偶像宗教の復活だった。ヨーロッパの中に隠れていたローマ的要素が魔鬼として神様の恩恵に背信したのだ。魔鬼に屈従する者は滅亡せざるを得ない。神様がイギリスを世界最強の国家から衰退せざるをえなくした理由がわかった。イギリスがキリスト教の福音を伝えてインドの近代化を助けたならば、地球の歴史はすっかり変わっただろうと、私は旅行しながら考えていた。

ガンジス川には赤い布で巻かれた子どもの死体が浮かび流れていた。大人の死体は川辺で薪で焼かれたが、子どもの死体はこのように流して送り出すというのだ。非衛生的な環境のために、乳児の死亡率が極めて高いという。インド人も人間なのに、腹を痛めて生んだ子どもがそのように大勢死んだら、その父母たちはどれほどつらいだろう！　ひょっとしたらインド人の霊魂はそのつらさで打ちのめされているんじゃなかろうか。そう思ったら、涙が流れ落ちた。私はインド人に聖書のこの言葉一つだけでも教えてあげたいと思った。

「神は自分のかたちに人を創造された。すなわち、神のかたちに創造し、男と女とに創造された。神は彼らを祝福して言われた。〝生めよ、ふえよ、地に満ちよ、地を従わせよ。また海の魚と、空の鳥と、地に動くすべての生き物を治めよ〟」

創世記第一章に出てくるこの祝福をインド人が受け入れれば、人間の価値と能力がわかるようになれば、インドはこの地獄から脱しうるだろうと思った。
インド人のために事業をするなら、どんな事業がいいだろう。インドで最も安く、最も豊富なのは何か。それは陽光である。太陽光で電気をつくり、普及させれば助けになるだろう。

そんなことを思いながらインド旅行をしたが、私がインドに福音を伝えに来るべきだとは全く思わなかった。だが、インド旅行を終えて一か月経った十一月下旬のある日、外出から戻り疲れて居間の床にごろりと寝転がっていると、急に夢うつつの状態になり、頭の上のほうから太い声が聞こえてきた。「キリストの命令だ。インドに行って伝道せよ」。

私はうっかり、「私は英語もよくできないし、讃美歌の楽譜もよく知らないのに、どうして行けますか」と答えると、声の主は叱るように、「なぜできないのか！　なぜできないのか！」、とおっしゃるのだ。昨年四月に「神様だ」とおっしゃったのと、まさに同じ声だった。

私は床からはね起きた。ああ、今度のインド旅行は神様の計画によって実現した旅行だったのだ！

全斗煥政権が文人を手なずけようと送り出した旅行だと思ったが、それは神様の計画の中で実現したことなんだ！　私にキリストの神様とヒンズー教のインドを見せて、インドを福音化する働き手として私を送るために今回の旅行をさせたのだ。神様の手を見せたり、霊魂が体を離れるようにさせたりするなど、色々と特異な体験をさせた理由はインド伝道の使命を与えるための目的で、私に信仰を下さるための神様の計画だったのだ。

私が命がけで進むべき道が何なのかわかったので、心がこの上なく安らかになった。目標がある者は準備をするようになり、そして真面目になる。私の人生に確かなスケジュールを立てることができたのが嬉しかった。インドで伝道するためには、喜んで命を捧げてもいいと思うようになった。すべての男の人生とは、自分の命に代えてもいいと思うことを探し出すまで彷徨し、模索する過程だろうと思うようにもなった。それさえ見つければ、男は幸せになる。「キリストの命令」は私を苦労させるためではなく、最も幸せにしてくれるために出されたものだと気づかされた。神様はその人が最も望むものを下さる方である。そう確信した。それまでの私の最大の悩みは、私の命に代えうるだけの価値あるものをまだ発見できずにいることだった。色々なことをしてみたが、私の貴重な命より重要だとは思えなかった。生きていくための手段に過ぎなかった。私の命以上に価値あることとは、私が理解するにいたった永遠の真理を人々に教えることだとようやくわかった。「イエスを信じよ、そうすれば、お前とお前の家族は救われるだろう」。

ウォーカー・ヒルで

「インドに行って伝道せよ」というキリストの命令を受けたが、私はすぐには出発できなかった。神様の命令なので、素直に従うべきとはわかっていたが、むしろインドを旅行したためにすぐ「行ってみよう」という気にはならなかった。そのためにすべき準備があまりにも多かった。まず聖書の勉強をすべきだし、英語も勉強しなければならない。インドの改善すべき点に対する勉強も十分にすべきである。経済的な裏付けも保障すべきである。小学校に通う子ども二人の成長ももう少し待たねばならない。家庭の生計にも責任をもたねばならぬ。結婚後、特に経済的な苦痛が大きかったので、妻は夫がイエスを信じて着実に実用的な人間に変化し、例えば教会長のような経済力ある人になってくれたらという表情だった。

妻がある人に、夫は小説のようなものはやめて、他の仕事に就いてくれたら良いのにと言うのを耳にし、「宣教師のほうがもっと苦労するのに」と独り笑みをもらした。私が受けた神様の恩恵を最も信じない人は妻のようだった。結婚生活で積み重なった様々な大小の恨と、今の経済的な苦衷が妻の心の中で解けないまま残っていて私を信じないようだった。妻が喜んで協力してくれなければ、インド伝道も簡単ではないようだ。妻は私が肥えた長老になることを望んでいるのだ。

妻が私を理解できるようにしてほしいと、私は祈祷院に行って毎週一回断食のお祈りをした。「敵は家の中の家族」というイエス様の言葉がわかるようだった。仏教の出家もわかるようだった。公的なことをするためには、私的な情緒から離れるべきなのだ。イエス様の最も大きな「敵」は、聖母マリア様だっただろう。十字架にかけられても、人間への最後の願いが弟子のヨハネに母マリアを頼むことだったというのだ。

とにかく、私は将来いつかインドに行くには行くだろうが、まず急ぐべきは家族の生計と聖書の勉強だと考えていた。それでも、秘かに恐れていたのは、インドの人々が果たして私の言葉を信じ、イエス様を信じるだろうか、という点だった。むしろ、インドの人々が私に、「あなたが十字架に逆さ吊りされて死ぬ姿を見たらイエスを信じよう」と約束するなら、そのようにして死ぬ自信はある。神様がいらっしゃるのであり、私の霊魂は死ぬわけではないから、私もイエス様のように、「彼らはわからなくてこんなことをするのだから、許してほしい」とお祈りするだろう。だが、私がいくら聖書の言葉を伝えても、あの頑固なヒンズー教徒が改宗するだろうか。そうした疑問が私を支配しはじめた。たぶん神様は、予備の子女がいるようで、その人たちさえ改宗すればいいのだ。聖書にも、人間の半数は助けられ、半数は彼らの頑固さのため助けられないだろうと暗示しているではないか。そうした考えが、インドへの伝道を構想することが熱中できる唯一の希望だった私をさらに大きく支配しはじめた。私は途方に暮れてしまった。

だが、その懸念を払拭してくれる、あまりに驚くべき神様の恩恵が現れた。復活し、生きておられるイエス様のお姿が私の傍に現れたのである。

一九八三年十月、私はシェラトン・ウォーカーヒル・ホテルに長期間宿泊していた。私に映画の脚本を書けと、映画社がそのホテルに宿泊させたのだ。

集中して早く終えてほしいと、映画社はシナリオ作家にホテルでの宿泊を望んだのである。映画監督のペ・チャンホさんが監督する映画だった。ホテルの室内にはツインベッドが置かれていた。一人程度が立てる空間を挟んでシングルベッドが二つ並んで置かれている。窓側のベッドは私が、ドア側はペ監督が使っていた。

そこに滞在していたある日、ミャンマーのラングーン事件が起きた。全斗煥大統領がミャンマー訪問中に北側のテロにあった事件だった。全斗煥大統領は予定より数分遅く目的地に到着したおかげで被害はなかったが、時限爆弾の爆発で待機していた韓国側の政府要人が多数死亡した。この事件に関係して、告白したい話があるがここでは省略しよう。

その事件から一週間過ぎたある日の午前十時ごろ、朝食を共にしたペ監督は市中に外出し、私はベッドに足を延ばして枕に背をあて、聖書を読んでいた。聖書を夢中になって読んでいると、不意に私のすぐ傍、ベッドとベッドの間の空間に白い服が見えた。白い服を着た人が私の横にすっと立っているのだ。見上げると、大理石に映ったような白い頭髪、白い顔、白いひげを生やした方が私をじっと見つめて立っていらっしゃるのだった。イエス様だ！

視線が合うや、私は困り果ててしまった。その眼差しは実に様々な表情を宿していた。咎めるようでもあり、激励するようでもあり、まるでおじいさんが困り者の愛する孫を眺めるように、そんな眼差しで静かに眺めながら立っておられるのだった。

午前の陽光が明るく差し込むホテルの部屋で、霊眼ではなく私の聖肉身でイエス様を見ているのだ。その威厳あるイエス・キリストの表情に、私はまるで重い岩に抑えつけられるような重々しい感じに襲われた。ペテロが復活されたイエス様に会ったとき、「私は罪人です」と告白した心を実感した。その愛と威厳、その純潔さを前に私は隠れなければならない罪人でしかなかった。私はこれ以上お顔を見ていられなくなり、上半身を起こして正座し、まるで先生に叱られる子のようにうなだれ、何をおっしゃるのか待っていた。しかし、何のお言葉もなく静かだった。しばらくして、そっと眺めるとお姿は見えなかった。

ああ、復活されたお姿。色が大理石のように真っ白なだけで、普通の人と全く同じ姿、一m八〇cmほどの背丈に、屏風の中の仙人のような形の顔、とても柔らかく見える皺よれた白い上下つながった服、とてもお会いしたかった復活されたイエス様のお姿だった。

なぜ私に、ご自分の姿を見せに来られたのか。おそらく私にインド伝道の使命への確信と自信を持たせるためではなかったか。恐れるな、私が一緒にいる、勇気を出せ、そういう意味だったようだ。実際、その日からはインド伝道に対する不安はなくなった。逆に、韓国に残っている時間が長くなるほど、従順でないことへの罪責の念がより深まった。

復活されたイエス様の身体。横にお立ちになられたお姿は色が白いだけで、普通の人と全く同じだった。触れたら柔らかいであろう人のお姿だった。天空の世界から物質世界へご自身のお姿を自由に現わされる方、呼べば応えてくださる方。私が小学生の頃からキリスト教で最も疑わしく思い、気になっていたのは処女マリアの妊娠とイエス様の復活だった。一九八一年四月に神様の手が私の腹部を撫でて下さってからは、神様なら処女が妊娠できるようにするのは難しいことではないと信じるようになった。

しかし復活については、復活が正確に何を指すのか、気になっていた。私が見た神様の手は第一に、霊眼で見たものであり、第二に、それこそ手だけ見たのである。この経験から、復活とは霊眼で見ることのできる白い霊的な体だと私は想像していた。だが、新約聖書を見ると、復活したイエス様はガリラヤ湖まで訪ねて、食事もされたと書かれているのだ。四〇日間、ともにおられて昇天されたというが、一体どういう状態の身体なのか。だが、こうしてみると、肉眼でも見ることのできるお姿だった。その方が立っておられると、そのお体に妨げられて後ろにあるものは見えない、まるで人間のような体質のお姿だった。ただ、あの白い色から見て、地上の物質ではない、霊的な物質のように推測されるだけだ。

要するに、復活されたイエス様は私たちにお声を聞かせて下さるし、お姿を現しもする、永遠に生きておられる、私たちの救援者なのだ。まるで子どもをいつも気にかけて家にいる父親のように、いつも自分を主として仕える人間を見守っておられる方なのだ。この事実を、もう一度はっきりと体験したのはその翌年、一九八四年六月であった。

## 四〇日間の断食命令

一九八四年六月、私は『健康時代』という月刊誌の主幹をしていた。その頃、女性問題による誘惑を感じていた。簡単に言えば、目をつぶれば浮気できる、そういう誘惑だった。ところで、ある日の午後、部屋で横になっていると、とても微かだが極めてはっきりした発音で、まるで遠くから降りてくるようにお言葉が聞こえてきたのだ。「荒野に行って四〇日間断食し、徹底的に悔い改めよ。エホバの命令だ」。

ああ、私の心をいつも見ていらっしゃる！　恐ろしさと喜びがともに押し寄せてきた。声が聞こえず、姿が見えなくとも、神様はいつも私たちを見て、聞いておられるのだ。

イエス様が弟子トマスに、「見ずとも信ずる者が救われる」とおっしゃった言葉の意味がわかるようだった。私のように見て信じる者は、神様が見えなければ不信を抱き、また罪に陥りやすいのだ。神様を見なくとも生きている神様を信じるようになった人々の信念はより正しく、より強固になりうるという意味だ。

私は一月分の雑誌の編集を事前に終え、休職して断食を始めた。ソウルの瑞草洞《ソチョドン》の新東亜マンションに暮らしていたときだった。朝早く起きてプラスチック・ボトルに湧き水を入れ、ビニールのゴザに聖書と讃美歌を抱えてバスに乗り、いくつか先のバス停で降りてウミョン山の松林の中へ行く。今は「芸術の殿堂」が建つ、あの松林だ。木が生い茂り、人もまばらで、一日中聖書を読み、瞑想し、お祈りに恰好な山の中だった。一週間程度の断食はお祈りのために何度かしたことがあり、断食自体に対する恐れはなかった。四〇日間の断食も神様がさせることなので恐くなかった。死ぬような、そんな命令が下りるはずはないから。水しか飲まずに一五日が過ぎると、歩行が困難なほど膝が弱くなり、頭の骨と脳が別々にあるようだった。

断食二〇日目になると、新たな心配が押し寄せた。月刊誌は主幹がすべてを決定しなければならない。食品会社を経営している高校の後輩が私の能力を信じてお金を出し、発行している雑誌だった。創刊していくらも経っていないので、毎号情熱を込めてつくらなければ競争が激しい雑誌市場で落後しかねない。次号の準備のために、どうしても仕事を放っておけなかった。私は断食を中断して重湯を飲み始め、雑誌の仕事に復帰した。

雑誌の仕事はうまくいっていたが、時間が経つにつれて深い罪責の念を感じた。神様の命令に従わなかったのだ。たった一日も断食しなかったのと同様、不従順なのだ。

一〇月になると私はもう耐えられず、会社に辞表を出して再び断食を始めた。

二〇日間の断食を終えて松林の中で、私は大声で「イエス様、イエス様、イエス様」と三回叫んでお祈りをした。

前回の二〇日と今回の二〇日、合わせて四〇日間の断食と認めてください。そういうお祈りだった。山から出てくると、急に恍惚たる歓びを感じた。一九八一年四月、神様の手に出会った直後、パジュの五山里祈祷院で悔い改めの祈祷をしたときに聖霊を受けて恍惚を感じた、あの恍惚感だった。

重湯を飲み始めて一週間ほど経った日の明け方、ぐっすり休んでいると、手が私の右腕の肩のあたりをギュッとつかんで揺さぶり、私を起こすのだった。目を開けてみたが、何の姿も見えないのに、手は私をつかんで起こし、座らせるのだった。そして、まるで父親の愛のような感じが私に押し寄せ、声ではないお言葉が一語一語、ハッキリと一言ずつ、私の頭の中に聞こえてくるのだった。その言葉を私が口で受けとって発音できる、そんな奥妙《おうみょう》なお言葉だった。こういう声を聖書では、「聖霊の感動を受けて」と表現するのかも知れない。そのお言葉とは、次のようなものだった。

「試験が近いので、目覚めて立ち上がり、お祈りせよ」

「試験される頃、試験を避けられる神様」という聖書の一節が思い浮かんだ。そうなのだ、神様は御自身を頼る者を罪からお助けになるために、徹底的に面倒を見てくださるのだ。私には真実で私を保護してくださり、末永く率いてくださる父がいらっしゃるのだ。

ひとまず、ここで告白を止める。日々の暮らしは罪の告白の種なので限りなく記すことができるだろう。信者それぞれに罪の告白があるだろう。お互いの告白が信仰を一層強くしてくれることを願うばかりである。

解説

## 感受性の革命、革命的な感受性

一九六二年『韓国日報』新春文芸の当選作は、金承鈺の「生命演習」であった。金承鈺は処女作から〝金承鈺ワールド〟を見せて、以後の韓国小説の新しいお手本となる。金承鈺に対するユ・ジョンホの後年の評価、「感受性の革命」という言葉は、彼の小説が韓国小説に引き起こした衝撃を的確に説明している。

金承鈺の小説が発表されるたびに文人たちは緊張し、また歓呼の声を上げた。「霧津紀行」、「ソウル一九六四年冬」、「力士」などの作品が発表されるたびに韓国文壇はどよめいた。だが惜しくも、彼の小説家としての活動期間は長くない。しかし、三桁に達する修士・博士論文、またそれに準ずる小論文が提出されており、高校の「文学」の教科書にも彼の作品が収録されるなど、金承鈺は韓国現代小説史において最も重要な作家の一人になった。

金承鈺の〝革命〟は、彼の属する世代と関係が深い。彼より前の世代は、まず日本語で教育を受け、解放後にハングルを勉強して文章を書かなければならなかったが、金承鈺の世代は小学校から母語（韓国語）で思考する方法に慣れ親しんだ。解放後の空間で、韓国的なものを想像できる最初の世代だったわけである。また金承鈺は、一九六〇年四月李承晩の不正選挙に抗拒して民衆革命を引き起こして成功させた四・一九世代にあたる。金承鈺は、大学一年のときに四・一九革命を直接経験し、それを「正直者たちの月」で描いている。小説のように、多くの学生と青年が命を失ったが、革命の経験は「正直者たちの月」の主人公であるという矜持を彼らにもたらしたのである。だが喜びもつかの間、一九六一年五月一六日朴正熙が軍事クーデターを起こして政権を掌握する。それ以後、韓国は急速な経済成長とともに急激な資本主義化・都市集中化を経て、ベトナム戦争への参戦と日韓条約など政治的にも大きく複雑な変化に直面することになる。金承鈺の小説は、一方では「ハングル世代」と「四・一九革命」という無形の資産に根を下ろし、他方では急激な社会変化という現実に直面しながら成長したのである。とはいえ、金承鈺を単なる「一九六〇年代作家」という枠にはめることはできない。彼が一九六〇年代を代表する作家であることは明らかだが、現在彼の小説は短編小説の普遍的美学を勝ちとったカノン（基準）として読まれているからである。金承鈺の小説は、韓国文学の伝説になってしまった。一九六〇年四月一九日の事件が、二〇一七年キャンドル革命の精神的支柱になったように、金承鈺が火を点けた感受性の革命は韓国短編小説の礎石になったのだ。今も小説創作を夢見る人々は、自然に「霧津紀行」を筆写する。

金承鈺の短編小説は、主に二〇代頃に書かれたものである。無力で受動的であり、何かを観察する青年が頻繁に登場するという特徴がある。その反面、本書に収録された掌編小説は二〇～三〇代に書かれたもので、短編小説に比べてもう少し円熟した生の問題を扱う。おそらく一九六〇年代の韓国では、二〇代後半～三〇代は社会的にも十分「大人」だったからだろう。

金承鈺の掌編小説に通底するものの第一は〝不憫に思う心〟だ。「生きるということ」はタイトルのように生きることに対する意味を問う。登場人物は騙され裏切られるという問題を離れて生きることの難しさを太い声で控え目に話す。人物たちの声には糊口の問題に対する深い尊重がある。「キム・スマン氏が身代をつぶした来歴」においても同様だ。キム・スマン氏が身を滅ぼしたいきさつには弱者を不憫に思う心が働いている。それは戦争と貧窮を経なければならなかった母の姿の投影であり、同時に韓国社会の正直な反映だ。大学生が農村を手伝うために出発した〝農村活動（農活）〟は植民地期に始まった運動だが、「手術」はこの農活で起きた問題を扱っている。だが、小説が注目しているのはその是非を問うよりも互いへのいとおしさである。

そして次に掌編に通底するものは、〝家族への思い〟である。掌編に突兀《とっこつ》する家族、彼の短編小説では概して家族が重要なものとして召喚されていないことを考えれば、これは明らかに意外な傾向だ。掌編では貧しい暮らしと合わせて夫婦間の微妙な羞恥心が盛り込まれているが、これは韓国的な羞恥心と理解しても良いだろう。また家族は貧困の問題に直面している。金が単なる物質としての金ではなく、家族に繋がるものとして登場するとき、この問題は切迫しつつも温かく、しかしながら決して無視できない何かになる。「クリスマスプレゼント」、「暮らしを楽しむ心」、「妻の体」、「ある結婚の条件」等には家族と夫婦、また個人的な空間と金、節約に関する問題等が具体的に描かれる。だが、それらを痴情または破局に繋げていくのではなく、家族と夫婦へのいとおしさを内包しつつ、掌編というジャンルに見合った喜劇的な姿に仕上げている点は注目すべきである。

では、時代に向きを変えて見てみよう。以上の作品に通底する〝不憫に思う心〟と〝家族〟は、過去を回想し、過ぎ去った時代に対する懐かしさに繋がる。例えば「水族館」の世界は以前より暮らしが少し楽になった時代だ。しかし地方、小都市、農村、青年の彷徨などに対する微妙な情緒の痕跡が残されている。決別したい残酷なまでの貧しさだったが、貧しさから抜け出した現代的都市に異質なものを感じる情緒が現れている。

ところで金承鈺は解放後の混乱した左右対立で起きた悲劇的事件、一九四八年一〇月一九日の麗順事件*で父を失った。朝鮮戦争と分断は韓国小説史で重要な問題であると同時に強力なタブーでもあった。誰もが知っていながら語れない何かであった。金承鈺は直接的な被害者だったが連座制が存在していた時代だったので、これを短編小説で直接取り上げたことは稀であった。しかし掌編ではその心の内を静かに表している。「ある南北会談」の母親は、ベトナム戦争に参戦した息子を通して自分たちが韓国社会の一員だという事実を確認してもらおうとする。キム刑事の職業がもう刑事ではないように世の中は変わったが、依然としてタブーが無意識に残っているのだ。掌編の随所に見られる著しい不安感も同じ脈絡で読むことができる。「妻の体」では、「生活してたら、いつか何か大きな事故にあ」うこともあるという恐怖が直接的に登場し、「真夜中の小さな風景」では夫と家庭に対する妻の奇妙な心が感じられる。事故または思いがけない災難をどうしても避けたい気持ち、利己的と見ることもできるが、そうしてでも家庭を守りたい気持ち。上述したように、金承鈺の掌編小説に通底するものの第一に〝不憫に思う心〟を召喚するしかない事実がここにある。金承鈺が経た韓国の現代史は誰もがこうしたことを経験しうる、または経験したことだったからであり、これに耐え抜く心が必要だったのだ。

金承鈺は一九八〇年に長編「埃の部屋」を『東亜日報』に連載している中、軍部の光州虐殺に衝撃を受ける。その後、新たに書いた小説は「偽物と本物」の一作である。これは実際の記事で構成したものだが、彼に再びペンを取らせたのは二〇一〇年代でも依然として続く過酷な現実である。一九七〇年に発表した小説を修正した「D・π・9記者のある日」はどうだろう。この短編小説は韓国の後輩作家たちの金承鈺に対するオマージュ『SF金承鈺』（アルティザン、二〇二〇）に再収録されたが、ここでも夫婦と家族、貧困と社会に対する金承鈺の関心――不憫に思う心は持続していることが確認できる。

〝感受性の革命〟は同時に〝革命的な感受性〟である。今も韓国の青年は金承鈺が若い頃に書いた〈青年〉の姿に惹きつけられている。韓国の作家の中で金承鈺から自由でいられるのは誰なのか。おそらく好き嫌いの問題ではないだろう。私たちは金承鈺に借りがある。

――彼の健康を祈りつつ

ソウルにて　キム・ハクチャン

＊麗順事件：一九四八年、済州島民弾圧の命令を受けて全羅南道麗水に駐屯していた国軍第14連隊が出撃を拒否して反乱を起こし、麗水、順天地域の地域住民をふくむ多数の犠牲者を出して鎮圧された事件。

# 訳者あとがき

本書は、『偽物と本物』（ポラピッソ、二〇一四）から掌編小説十九編を選び、著者の希望で『金承鈺小説全集五』（文学トンネ、一九九五）に収められた「ジュンの世界」と「日の光」の二作品、そして『金承鈺散文集私が会った神様』から抜粋、編集したものを加えて一冊にまとめたものである。なお「ジュンの世界」は著者の意向で、一九七〇年「東亜日報」発表当時のタイトルである「D・π・9記者のある日」にした。

金承鈺作品集の翻訳出版は二〇一五年『ソウル一九六四年冬』に続き二回目である。ふりかえれば、金承鈺さんに初めてお会いしたのがちょうど十年前の三月十一日、ソウルにある大山文化センターホールだった。日本における韓国書籍の翻訳出版事情に関するシンポジウムがあって私にもお声がかかり、前日からソウルに来ていた。休憩時間に高麗大学教授の金春美《キムチュンミ》さんに紹介されたのが作家の金承鈺さんだった。韓国文学史に燦然と輝くその名前、まさかご本人にお会いできるとは予想外の出来事で、翻訳を頼むと本を手渡されても何と答えていいか、呆然としたのを覚えている。いくつかの作品はたしか邦訳されているはずと伝えると、全部新たに訳し直してほしいというご希望だった。

ところで、シンポジウムの途中、東北地方で大地震が発生したとのアナウンスがあった。仙台を発つ前日にも大きな揺れがあったが、ホテルに帰って部屋でテレビを見るまではまさかあんな大地震が起きているとは夢にも思わなかった。テレビ画面に映しだされた津波の映像は今も目に焼きついていて戦慄を覚える。翌十二日が帰国予定日だったが、飛行機は運航再開の予定すらたたず、そのあと一か月ほどソウルのホテルと知人の家で過ごした。福島の原発が爆発したニュースも伝わり、気持ちが落ち着かず、金承鈺さんから頂いた本のページを開いてもなかなか集中できなかった。そのあと仙台の家にもどってみると仙台空港近くに駐車しておいた車が津波で流されてしまった以外、物的被害はほとんどなかった。だがすっかり変わってしまった、何かざらざらした街の雰囲気にいっそう落ち着かない日々が続いた。

そんな中、三一書房が出版を引き受けてくれることが決まってとても力づけられた。翻訳も最終段階に入った二〇一五年四月、どうしても意味がわからない言葉を直接著者に尋ねようと再びソウルを訪れた。「妹を理解するために」の冒頭に「가하」という言葉があるが、これがどうしてもわからない。韓国の友人、知人にも尋ねたが、わかる人が誰もい

なかった。東亜日報社の一階のカフェで待ち合わせ、著者は大きな器に入ったチョコレートパフェ、私は苺のフレッシュジュースを前にして質問事項を書いたメモ用紙を取り出して見せた。すると著者は、さあ、行こうと言って突然席を立ち、店の外に。慌てて追いかけるとすぐ近くの光化門郵便局に入っていく。「電報」と言う著者に応対した若い職員は「電報はやってませんけど」と困った顔をしている。著者は、「電報、電報」と一歩も引かない。奥から少し年配の職員が出てきて応対してくれた。「가하」というメモ書きを見たその職員は、「ああ、電報の記号のようですね。でも、どんな意味か、私にはわかりませんけど……」と、ちょっとすまなそうに微笑みながら言ったが、これで、わかった。記号だったのだ。著者に「解決しました」と伝え、二人とも大喜びで郵便局をあとにした。

それから江南にある韓国文学翻訳院にいっしょに行くことになったが、著者は私が止めたタクシーを拒否して地下鉄で行こうという。そのころの著者は今より歩行が困難なように見えたのでタクシーでと思ったのだが、嫌だという。今は私もその気持ちがよくわかる(その約半年後に私は全く歩けなくなり、リハビリを始めたから)。著者にとっては毎日の移動がリハビリで、閉じられたタクシーの空間より地下鉄やバスの中で大勢の人々の姿を観察しながら一歩でも多く歩くほうが良かったのだと思う。地下鉄の席に座って著者が携帯するメモ帳に文字や絵をかいていろいろな話を交わしたが、楽しかった。そして帰り道は著者の案内で鍾路までバスでもどった。翻訳院から一時間半ほどの小さな「バス旅」だった。ソウル市街のバスの路線は非常に複雑で旅人には乗るのが難しい。ソウルに住んでいたときも宿舎と職場との往復以外はバスにはなかなか乗れなかった。バス路線に精通する前にソウルを離れたので、あんなにも安心して市内バスの座席で暮れなずむ外の風景を眺めたり、居眠りしたりできるなんて、心楽しくも得がたい経験だった。今思えば、あのソウルの「バス旅」が私にとって最後の自由に（自分の足で）歩きまわった旅のハイライトであった。

それからまた四年、二〇一九年三月二七日、桜が満開の新宿御苑で著者と再会を果たしたのだが、そのときに手渡されたのが二冊の本、『偽物と本物』と『私が会った神様』だった。

そしてまた二年、著者と初めてお会いしてからちょうど十年、二冊目の本も三一書房が引き受けてくださった。お世話になった高秀美さんに心から感謝します。また前回に続いて今回も表紙の絵を提供してくださった平塚優光さんにもお礼申し上げます。そしてこのコロナ事態下で行き来が難しい中、著者と訳者の架け橋となってお力添えくださった作家のキム・ギョンヒさん、本当にありがとうございました。さらに解説を快く引き受けてくださった作家のキム・ハクチャンさんにもお礼申し上げます。また毎日の暮らしの中で様々な手助けをしてくれるつれあいの青柳純一に感謝します。

そして最後に、出版までの二年半という短くない時間を辛抱強く待ってくださった著者に感謝しつつ、ご健康をお祈りいたします。

二〇二一年八月

青柳優子

**金承鈺**（Kim Seung-ok）
4・19 世代（ハングル世代）作家と呼ばれ、1960 年代の韓国文学を代表する作家。
1941 年、大阪に生まれ、1945 年帰国。1962 年、文壇にデビュー。1965 年、「ソウル 1964 年冬」で東仁文学賞を受賞。1977 年、「ソウルの月光０章」で李箱文学賞受賞。
『ソウル 1964 年冬』（創文社、1966）、『危険な顔』（知識産業社、1977）、『霧津紀行』世界文学全集 149（民音社、1980）、『金承鈺小説全集（全５巻）』（文学トンネ、1995）など。
【邦訳】古山高麗雄編「ソウル１９６４年冬」『韓国現代文学 13 人集』（新潮社、1981）、安宇植訳「秋の死」『韓国現代短編小説』（新潮社、1985）、長璋吉訳「霧津紀行」『韓国短編小説選』（岩波書店、1988）、青柳優子訳『ソウル 1964 年 冬 ―金承鈺短編集』（三一書房、2015）

**青柳優子**　翻訳家
1997 年、崔元植『韓国の民族文学論』で第 32 回日本翻訳家協会翻訳出版文化賞受賞。
2005 年、黄晳暎『懐かしの庭』で第７回韓国文学翻訳院翻訳大賞を受賞。
著書に『韓国女性文学研究Ⅰ』（御茶の水書房、1997）、編訳著書に『朝鮮文学の知性・金起林』（新幹社、2009）、訳書に 黄晳暎『パリデギ』（岩波書店、2008）、白石『白石詩集』（岩波書店、2012）、『ソウル 1964 年 冬 ―金承鈺短編集』（三一書房、2015）など。

**生きるということ** ―金承鈺作品集―

2021 年 9 月 28 日　　第 1 版 第 1 刷発行

著　者　――　金承鈺 © 2021 年
訳　者　――　青柳 優子 © 2021 年
発行者　――　小番 伊佐夫
カバー・表紙切り絵　――　平塚 優光
装丁・DTP　――　Salt Peanuts
印刷製本　――　中央精版印刷
発行所　――　株式会社 三一書房
〒 101-0051
東京都千代田区神田神保町 3-1-6
☎ 03-6268-9714
振替 00190-3-708251
Mail: info@31shobo.com
URL: https://31shobo.com/

ISBN978-4-380-21004-4　C0097　　Printed in Japan

乱丁・落丁本はおとりかえいたします。購入書店名を明記の上、三一書房まで。

## 滞空女
### 屋根の上のモダンガール

パク・ソリョン著　萩原恵美訳

四六判　ソフトカバー　270頁

ブックデザイン：桂川潤

**あそこに人がいる。**

「怖くはないんですか」

「誰か死にはしまいかと怖いです。それが自分だったら怖いし、他の誰かでも怖いです。人が死ぬことを何とも思ってないやつらが怖いです」

愛に生き、波瀾に満ちたカン・ジュリョンの半生を描く。

第23回ハンギョレ文学賞（2018年）受賞作。

ISBN978-4-380-20005-2

## 韓国　古い町の路地を歩く

ハン・ピルォン著　萩原恵美訳

A5変型判　ソフトカバー　319頁

ブックデザイン：桂川潤

**建築家の著者が魅かれてやまない韓国の伝統家屋・集落。韓国の古い9つの街並みをめぐる。**

密陽《ミリャン》、統営《トンヨン》、安東《アンドン》、春川《チュンチョン》、安城《アンソン》、江景《カンギョン》、忠州《チュンジュ》、全州《チョンジュ》、羅州《ナジュ》の物語。それぞれの町の歴史はもとより、都市空間の変化のプロセスと文化的背景や風土をひもといていく。

歴史ある町であること、中心部は歩いて一巡りできるくらいの小規模な町であること、そして現代都市としての魅力とポテンシャルを有する町であること、という著者の3つの基準にかなったこれらの町では、共同体の暮らしが途絶え、個人の利益ばかりが優先される現代の大都市ではお目にかかれないような、人間味あふれる豊かな空間に出会えるはずだ。

ISBN978-4-380-18001-9

# ひとり

キム・スム著　岡裕美訳

四六判　ソフトカバー　２７７頁

韓国で現代文学賞、大山文学賞、李箱文学賞を受賞した作家、キム・スムの長編小説。歴史の名のもとに破壊され、打ちのめされた、終わることのない日本軍慰安婦の痛み。その最後の「ひとり」から小説は始まる……　慰安婦は被害当事者にとってはもちろん、韓国女性の歴史においても最も痛ましく理不尽な、そして恥辱のトラウマだろう。プリーモ・レーヴィは「トラウマに対する記憶はそれ自体がトラウマ」だと述べた。

１９９１年８月14日、金學順ハルモニの公の場での証言を皮切りに、被害者の方々の証言は現在まで続いている。その証言がなければ、私はこの小説を書けなかっただろう。（著者のことばより）

私は、ある時期日本の植民地支配を受けていた韓国で生まれ、韓国語で小説を書いています。日本軍「慰安婦」の方々と私に血のつながりはありませんが、広い視野で見れば実のハルモニと同じだという気がします。そしてさらに視野を広げれば、皮膚の色や使う言葉とは関係なく「私たちみんなのハルモニ」だと考えています。

私が書きたかったのは、加害者か被害者か、男性か女性かを越えて、暴力的な歴史の渦の中でひとりの人間が引き受けねばならなかった苦痛についてです。

そして、その苦痛を「慈悲の心」という崇高で美しい徳に昇華させた、小さく偉大な魂についてです。

（「日本の読者の皆様へ」より）

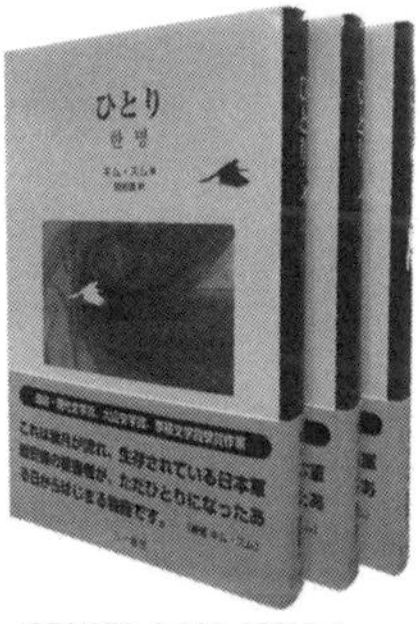


ISBN978-4-380-18007-1

# ソウル1964年冬

## 金承鈺短編集

金承鈺著　青柳優子訳
四六判　ハードカバー　239頁
◆日本図書館協会選定図書

本邦初刊行。金承鈺自選短編集。

朝鮮戦争停戦後李承晩大統領が権力を掌握し続ける中、1960年にはそれまでの政治の腐敗に憤って立ち上がった学生によって4・19学生革命が大統領の下野というかたちで成功する。

しかし翌年5月には軍事クーデターが起きて軍事独裁政権に。政権に批判的な人士はスパイ・容共主義者の烙印が押されて連行され、過酷な尋問に苦しめられることも多々あった。

厳しい軍事独裁政権を生きぬいた秘かな芸術的抵抗としての代表作『ソウル1964年冬』。これこそ、金承鈺文学の特徴であり特筆すべきものである。

本邦初訳の6作品と新訳の3作品を収める。

◎収録作品◎
1．ヤギは力が強い
2．乾（ケン）
3．お茶でも一杯
4．霧津紀行
5．力士（力持ち）
6．夜行
7．妹を理解するために
8．彼と私
9．ソウル1964年冬
作品解説
年譜

ISBN978-4-380-15003-6